JN256472

傭兵物語

純粋なる叛逆《リベリオン》者3

Character
キャラクター

ユート

幼い頃に、『異端狩り』で両親を殺された少年傭兵。『師匠』なる人物に命を救われ、傭兵として一人で生きる術を叩き込まれた。

キョウスイ

ラーナ村の任侠組織『ゼンジ組』若頭。貴族殺害の罪で王国から追われる身となり、ユートと共に旅に出る事になる。格闘技の使い手。

ランジェ

娼館レインブルの踊り子。ネムステルで起きた娼婦誘拐事件の際に、ユート達に協力した罪で追われる身となる。火の魔法を得意とする。

アヴェール

ユートがシェインキャッスルの獄中で出会い共に脱獄した色男。武器は愛用のリボルバー。元コックであり料理を得意としている。

ユキナ

勇者教会に所属する僧侶。サクス村で、山賊に襲われた所をユートに助けられる。幼馴染である勇者レンと一緒に旅をしている。

レン

世界の救世主と呼ばれるシェイン王国の勇者。記念すべき旅立ちのパレードから始まり、度々ユートの手により病院送りにされている。

ストーリー

Story

幼い頃にシェイン王国により、故郷を焼かれて両親を失ったユートは、王国への復讐を果たすべく少年傭兵として旅を続けていた。ラーナ村を取り仕切るゼンジ組の若頭キョウスイ・ゼンジと出会い、勇者の町レインに訪れたユートは、勇者レンの出発を記念したパレードの邪魔をしてしまった少女を守る為にレンを病院送りにし、王国から追われる身となってしまう。

追手から逃れる為にネムステルに逃げ延びた二人は、娼館レインブルで出会ったダンサー、ランジェと共にシェイン王国との敵対国アルヴェイシャへと向かうべくホシミツ山へと向かうことに。そこでまたしても勇者一行と遭遇したユートは、勇者達との戦いには完勝したものの、王国の騎士達に捕らえられ、ついに投獄されてしまうが獄中で出会ったアヴェールと共に見事脱獄を果たした。

そして勇者教教会での決戦、死闘を繰り広げたレインブル襲撃事件から一夜明け、アヴェールの故郷ロマルナへとユート一行は旅を再開する。

一方その頃、ホシミツ山でユート一行に完膚なきまでに叩きのめされた勇者レンは、洗礼を受けるために火の神殿へと向かっていた……。

目次

プロローグ

白刃に滴るは血の雫。切っ先から一滴、また一滴と垂れて地面に斑点を作っていく。目の前で倒れた男は、虚ろな目で此方を眺めながら、腹から飛び出す臓腑《ぞうふ》を力なく抑えていた。その男を抱き、泣き崩れるドレスの女性は、男の頭を力強く抱きしめて必死に叫ぶ。

女が、此方を睨みつけた。唇の動きでわかる彼女の叫ぶ言葉はありきたりで、それでいて、何と力強く心を揺さぶるのか。自らも、あの時、あの場所でこの様に叫びをあげていたのかもしれない、それはまるで鏡合わせを思わせる感覚。

だが、それでも……それでもなお、自らが進む為に、自らの復讐の一歩の為に、握りしめた刃を降り下ろさねばならないのだ。

白い布を巻きつけて補強した柄を、両の手でしっかり握りしめて振り上げ、一念を持って、刃を女に向けて降り下ろした。右肩から左腰に掛けて振り抜くと、一際大きくドレスの女は痙攣《けいれん》した。バタリと床に倒れ伏し……虚ろながらも、最後の力を振り絞るように、こちらを恨めしげに睨みつける。

「人を殺した気分はどうだ……？」

背後より、声が掛かった。振り返ればそこに居たのは自らが師と仰いだ男。その顔に表情は無く、ただこちらを見つめている。

「恐れと……良心に揺れたな？　震えているぞ馬鹿弟子」

師匠は、銀に見える白髪を揺らして横を通り抜け、血を吐き見上げるドレスの女の延髄に刃を突き立てた。ビクリと痙攣し、女は硬直すると、師はさらに横へと刃を振り抜き、頭部は身体より別れた。

「殺すなら、最後までだ……余計苦しませる……殺す情けを知れ」

そう言って、無造作に女の頭を放り投げた。頭は絨毯の上を左右へ揺れて転がり、その怨嗟《えんさ》に濡れた叫びの表情を此方へと向けた。今にも首だけで動いて、噛み殺しに来そうな表情に少年は震え、それを必死に抑えようと歯を食いしばった。

それは、始まりの一歩であると自覚している。復讐の二文字に怒り、狂い出した少年が、狂気に触れて踏み出した、いや……踏み外した第一歩。忘れてしまえば手に入れていたかもしれない幸せ、見えたかも知らない明るい未来を捨てて、死臭と怨嗟が渦巻く汚泥の沼に足を踏み入れた日。

その汚泥に踏み入れば、逃がさぬと纏《まと》わり付いて、まだ踏み入れてない二の足も引き摺り込み、後は沈むだけ。身体中を穢《けが》す様々な人間の負を受け入れ、それでも汚泥を掻き分けて進む道は、決して正気ではいられない。

その道は……狂わねば通れぬ道なのだから。

第一章

狂刃の産声

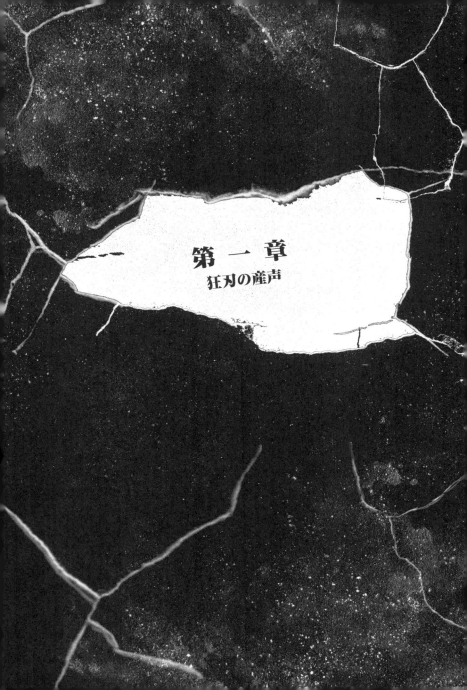

「人を殺せるか、馬鹿弟子?」

吹雪の荒ぶ音が、酷く大きな日の出来事であった。復讐の為に教えを乞うている師匠から、その言葉は放たれた。丸太小屋にて、羊皮紙の上に何かしら文章か、はたまた図形だかを描いていた時の出来事だった。

「復讐をすると言ったな。お前は……その先々、邪魔な輩《やから》全ての人間を……殺せるか?」

師からの突然の言葉に、少年は息を飲んだ。

「国への復讐だ、立ちはだかる敵の数など数えきれん。彼の国の誰しもが敵となるのだ……それら全ての敵を斬り伏せても、貴様に恨みを持った者が、さらに押し寄せる……山を血に染め、血の河を作る覚悟は貴様にあるのか?」

国への復讐は、つまりはそういう事だと師は言った。その言葉は決して忘れる事はないだろう、深く刻み込まれた言葉であった。自分の両親を奪い、安らぎを破壊した国という力。それに対する事の意味を理解させられた。

「答えは……?」

返答を師に求められた少年は、羽根ペンを卓上に置いて、師の眼を見て口を開いた。

「覚悟は……しています。していますが……それを口に出したら、余りにも軽々しく聞こえてしまいそうで」

「無言で心に留める気だったか馬鹿弟子。ガキの覚悟など、いかな方法で見繕《みつくろ》おうが半端なものよ」

少年は、そう言った覚悟だとか決めたものを口に出しては軽々しくしてしまうと、言うつもりではなかったが、すぐさま一蹴された。

「頃合いだ馬鹿弟子、貴様に仕事を与える……その仕事を見事完遂《かんすい》したならば、まぁ、一人で生きていけるくらいにはなったという事とする」

師はそれだけ言うと、背を向けて小屋の戸を開いた。

荒々しく強い吹雪が室内へ吹き、身を叩く。羊皮紙は室内を舞い、暖炉の火は瞬く間に消えた。

「支度しろ、シェインに行く」

師はその病的に白く、老人のような白髪をたなびかせながら、吹雪の中を歩き出していた。

×

シェイン王国から更に北上した、大陸の最北端。そこには一面の銀世界、酷寒の大地が広がっていた。針葉樹林と白樺の木、決して止まる事はない吹雪の大地の名前を「ルーシェア」と呼んだ。

その大地の他に名称は無い。町や集落も無いのだ。ただ吹雪と針葉樹林、その厳しい生態系に適応した凶暴な生物が森を駆け、弱肉強食の生存競争を生きる、人の手が付いていない自然が広がっていた。

しかし、人間というのは身体が野の獣より弱かろうと、知恵を絞って様々な方法、様々な道具で自然に適応しようとする生き物だ。その一つが、この厚く暖かな毛皮のジャケットだろうと、それを羽織りながら犬ぞりの荷台で身体を縮めて、多少は感じる寒さに、少年ユートは震えていた。

「馬鹿弟子、寝たら死ぬぞ？」

「心得ています……」

犬ぞりの手綱を握り、雪の大地を駆ける犬達に鞭《むち》打つ師から、声をかけられた少年は返事を短く返した。そんな師は、ユートと違い明らかに薄手の布製か分からぬ白いコートに雪を受けながらも、表情一つ変えない。

このような極寒と吹雪の中を、肌を晒して歩くというのは自殺行為であり、それこそ肉体の壊死が起こるのが当たり前である。しかし、ユートの師である白髪の男は、そんな様子など一切見せなかった。

化け物だと、ユートは「改めて」実感する。自分の師は人ではないと。人外の域であり、常識など通じないと。

「シェインに行くのは、竜狩り以来だな……」

犬に繋がれた手綱を振るい、ポツリと漏らした師の一言をユートは聞いた。

「竜狩り……師匠って、竜狩りの仕事もしていたんですか？」

「あくまで本職のサポートとして頼まれたのだが、厄介な竜でな……その竜が黒鉄《くろがね》の鱗《うろこ》だ。本職の竜狩り達が全滅し、なんとか俺が討伐《とうばつ》したのだ。もっとも……本職達が追い詰めていなければ、逃げていたがな」

竜狩り、そして黒鉄の鱗と聞いてユートは息を飲んだ。竜狩りと言うのはその文字通り、竜を狩る、ハンティングである。狩るとは言ってもその意味は多岐に亘る。それこそ本当に竜を討伐する事から、捕獲など様々ではある。

師の言う「黒鉄の鱗」とは、竜の種類を意味しているが、その竜はこの世界で有名な竜は何か？と、問われれば必ず名前が上がっても良い程の竜であった。

ユート自身も、座学知識として習ったが、通常の竜の全長が、民家三棟から五棟を覆《おお》う大きさとした時、「黒鉄の鱗」と呼ばれる種類は、幼体でその大きさ、成体となれば民家十二棟から十五棟となる巨大な竜なのだ。

「手練れの、熟練の竜狩り人が一瞬で炭になったのだ……竜の炎は熱をその身に感じる前に焼け死ぬと聞いたが、まさしくそうだった。人の形の炭が立ち尽くし、風に吹かれて崩れ去るのだからな」

そんな竜を、多人数とは言え討伐した師は、表情を変えずに目だけを細めて口に出した。自分だけが生き残った事を、悲観するような眼差しとは違う、ただ生き残ってしまったと言うか、虚無感をユートはその眼差しから感じ取るのだった。

「雪の壁を越えれば、貴様が仇とする国へ入る……心身共に準備をしておけ」

話を切り上げ、準備せよと言う師を前に。ユートは口をつぐみ、身動きをせず犬ぞりの荷台にて固まり続けた。

シェイン王国北部は四季が無く、一年を通して土の上から雪が無くなる事はない。例え晴れの日が続き、雪が溶けて地面をさらそうと、しばらくすれば雪が降り、また地面を隠す。「雪の壁」という、ルーシェアに面している故の気候であった。

犬ソリは必要無く、雪雲《ゆきぐも》に隠れた微かな日の光が薄明るく地面を照らし、まだらに見える土のぬかるんだ地面に、踏み下ろす革のブーツが水気の音を立てては深々と地面に足跡を付けた。

「付いて来い」

素っ気ない一言だった。雪が付いた真っ白なロングコートを着込んだ師が、荷台にて待機していた、弟子であるユートを呼んだ。荷台に乗せられた毛皮がもぞもぞ動き、一人の少年がゆっくりと毛皮から出てくると、荷台から飛び降りた。

そして、その眼に映る景色をしかと焼き付けた。吹雪で前すら見えない大地とは違う、雪化粧程度で済んでいる、丸太小屋や石造りの建物。自分の着る毛皮のコートよりも薄手ながらも、暖かそうな服を着る人々や煙突から上がる黒煙。そして、肌に感じる微かながらの日の光の暖かさ。

「他人を見るのは久々か……」

挙動不審にすら見えかねない、自らの弟子ユートの姿に、白コートの師が真顔で呟いた。

「来い、遅れるな」

「は、はい！」

そんな弟子に一声を掛けて、二人は雪の町へと入っていった。

町なんて、何年ぶりだろうかと、少年ユートの眼はこの町に降り立ってから目まぐるしく動いていた。雪の大地で、師と、そんな師が連れて来た人物以外との出会いなど無く、ただ雪の大地を走り回り、時に木の剣を振るい、手足を生木に打ち付けて鍛える毎日。

たまに師が、仕事と言って丸太小屋から消える日がある日も、ユートは言われた通り身体を鍛え続け、時に師から渡された本を読破した。

そんな師が自らに仕事を与え、試験とすると言い、町へと連れてこられた。この町の名前も、内情も知らぬ故に、そして未だ大人ではなく子供のユートとしては、知的好奇心が勝るわけで、この景色をしかと焼き付け、理解したいとするのは当たり前なのかもしれない。

「ここだ……」

師が、一軒の煉瓦《れんが》造りの建物で立ち止まった。扉の上部には小さな鉄の看板で「パブ・サイレンスフリート」と刻印が刻まれていた。

パブ、つまりは酒場である。しかし何故酒場に？　と、考える暇など無く、師は扉を開けて入って行きつつ、入り口で立ち止まるユートに首をクイと動かし、さっさと入れと促した。

中に入れば、未だに明るい時間だというのに、カウンター席でゴブレットから酒を煽る者から、テーブルにて何やらカードと銅貨を並べて賭け事に興《きょう》じる男達と、様々だった。そのパブのカウンターで、酒瓶を並べては整え、小鍋を掻き混ぜている、長袖を肘まで捲ったシャツを着た男をユートは見た。

このパブの店主にしては、尋常ならざる出で立ちに、ユートは固まる。前髪からサイド、全てを後頭部に流したオールドバックヘアを、首筋で纏めた髪型。腹部は脂肪で膨《ふく》らんでいるが、目つきから常人ではない事がユートには分かった。絶対、師匠と同じ界隈《かいわい》の人間だと確信すらできた。

そして何故かだが……このオールバックの男は、調理場や水場で戦えば必ず負けそうなイメージが明確に浮かんで来たが、ユートはそれを記憶の彼方《かなた》に投げ飛ばした。

「タガート、来たぞ？」

師は、そのカウンターの偉丈夫《いじょうぶ》に声を掛けると、偉丈夫は横目で師を見て、一瞬背後に居たユートを射抜くように見た。

「待っとったがな、後ろのが話のボッちゃんか？」

酷い訛《なま》りの入った応答と共に、タガートと言う名前の偉丈夫はユートを見ながら師に問い掛けた。

師は返事の代わりにコクリと首を縦に振ると、オールバックの偉丈夫はカウンターから出て、こちらへ向かって来た。

「裏行こか？　着いて来なはれ……」

裏、つまりはこのパブの裏の事だろう。偉丈夫がズンズンとパブの奥へと突き進むと、師もそれを追い、ユートはその背に追従する。

設置されたテーブルを縫うように進み、奥にあった裏口の扉を開け、一同はパブの裏に出た。四方を木の壁で囲まれたそこには、納屋《なや》が建てられている。

「先に紹介だな、ユート……こいつはタガート・ケイスだ、元傭兵で、今は武器の裏流しから、禁制品の売買をしている商人だ」

「武器の裏流し……」

「よろしゅうに、ボッちゃんの武器を見繕うよう頼まれたんですわ」

偉丈夫の姓名、人物像を聞き、師と同じ傭兵かと納得しつつも、彼の生業《なりわい》を聞いてそれを反芻した。

「あん時は稼げれたけど、戦争無けりゃ景気は悪うなりますよって、ほんでボッちゃんの武器を仕入れろ言うんやから……感謝しなはれ、ボッちゃんの武器は特別の特別な品やさかい」

どうやら、師はわざわざ自分の武器をこの偉丈夫に頼んで仕入れたらしい。納屋の扉を開け、中に入るタガートと師匠、自らも次いで納屋に入ると、少年は声を失った。

納屋の壁という壁に飾られるように、大切に掛けられた剣、大斧、槍、火打式銃《ひうち》から、卓上には飛び道具らしき小型ナイフに短銃、様々な武器が敷き詰められていた。その剣や槍もまた、凝って作られた装飾付きから、まさしく曰《いわ》く付きとでも分からせるように『触れるべからず』とまで羊皮紙が貼り付けられている物まであった。

「気を付けときなはれ、壁の剣には魔法剣やら呪い付きもありますよって、下手したら指やら飛びますよ」

「また魔剣を増やしたかタガート……よくまぁ集めるものだな?」

やはり、魔剣もあるらしい。しかも呪い付きと言うのだから、ユートは少し……期待していた。まさか、師は魔剣を仕入れてくれたのだろうかと、魔法を使えぬ自分にそれを埋める魔法を宿した武器を仕入れてくれたのかとすら考えた。

「魔法剣やら魔槍、呪い付きやらだけは変わらず売れますさかい、鑑賞も、使用も良しやから……っと」

そんなタガートは、一巻きの布を取り出してから、ユートの前に立ち、それを両手で差し出した。

「ボッちゃんの武器はこれ、開いてみ」

布に巻かれた棒状の何か、それしか分からなかったユートだったが、受け取った際に金属のような重さを感じた。しかし、包まれてる布の大きさからして、両手剣にしては細く、細剣にしては太い。

一体この武器はとタガートに促されて布を取り外す。

「え……と、これは？」

布から出て来たのは、茶褐色《ちゃかっしょく》の細長い棒、その片端《かたはし》に布が巻かれた物であった。まさか、ただの鉄の棒かとも思った。しかし、鉄の棒も馬鹿にはできない。人を殴り殺すなら木剣でもできるしと、茶褐色の棒を眺めていると……。

「タガート？　まさか、仕入れが出来なかった訳ではあるまいな？」

「ボッちゃん、それ柄が無いんですわ、その巻き布が柄代わりでして」

柄代わりに布が巻かれていると説明されて、ユートは布が巻かれた方を握り、ゆっくりと力を込めて引いてみると、茶褐色の細い棒から、煌めく刀身が現れた。

「抜いてもいいですか？」

「それはもうボッちゃんのものさかい……どうぞ？」

一応の断りを元に、ユートはその刀身を鞘から引き抜いた。薄暗い納屋でも分かる程に煌めく緩やかな弧を描くは、片刃の刀身。これを見た瞬間、ユートは師の腰元に目が動いた。

そして理解した。「刀」だと、師が腰元に差した物と同じ武器であると。

「よ〜切れますよ〜？　そこらの下手な魔法剣やら装飾物と違いますよって、ほんま、金なんぼ積んでも買えるもんやないんやで？」

「ふむ、流石だタガート……馬鹿弟子には勿体無い代物だが、改めて礼を言う」

話しぶりからして、このように外装に難ありの品でありながら「刀」というのは希少らしい。希少かどうかはさて置いて、刀身の煌めきから、確かに斬れ味が良さそうだと連想させられた。鞘に刃を一度納めてから、師とタガートの方にユートは顔を向ける。

「持つだけではつまらんでっしゃろ、折角やから試し斬りしてみよかぁ、ボッちゃん？」

裏庭の中央、無造作《むぞうさ》に地面へ突き立てられているのは丸太の杭であった。おおよそ、大人の男性の胴くらいはあるだろう太さの丸太を、大きな木槌で叩いて地面に叩きつけて突き立てるタガートの姿を見つつ、左腰に改めて携《たずさ》えた自らの武器となった刀の重さを実感した。

細身ながらに重く、確かにそこにあると理解させられる。その重さがまさしく、修行で用いた木剣とは別のものだと身体が感じていた。

「あ～ッッ……ほなやったってええからな？」

丸太の杭を打ち終えたタガートが、木槌を地面に下ろして腰を拳で叩きながら離れた。そして入れ替わり、ユートは丸太の前へと立つ。

「教えた通りだ、無様な断面なら……試験は無しだ」

背後にて立っているのだろう、師からの静かながらも力強い檄《げき》が飛ぶ。

「分かりました」

それに対して返答し、ユートは目の前の丸太をしっかり見据える。腰元の柄に右手が触れ、小指から薬指、中、人差し指と順に力を込め、親指も柄に掛かる。

そして改めて、見るためでなく斬る為に白刃は抜かれた。雪雲に隠れた微かな光すら反射して煌めく刀身が、少年の手で引き抜かれる。

そのまま、だらりと刀を握る右手が下げられ、その数瞬後。

「ッフゥゥッ!!」

腹から一気に吐き出すような呼吸と共に、少年の刀が右上から左下、袈裟の軌道に降り抜かれた。木の繊維《せんい》が微《かす》かに引っかかる音を立て、丸太もまた袈裟の断面を覗かせ、切り落とされた片割れが宙を舞い、落下していく。

その片割れを、ユートの師が白のコートから覗かせる左手で掴み取ってから、ゆっくりと丸太の杭の前まで歩み寄ると、タガートもまた同じ様に斬り落とされた丸太の杭に向かう。

腕を組み、断面を覗くタガートは首を二回縦に振ってユートの師へ微笑んだ。

「ほぉ～……ボッちゃん、小さいのにやりますやん、これなら人も真っ二つでっせ。ようまぁここまで育てはりましたなぁ」

「ふん……」

元傭兵のタガートからは、賛辞《さんじ》が飛んだが、師からは鼻息一つしか無い。そして表情も変わらない、断面をただ無表情に見つめての鼻息である。故にユートからして見れば、タガートのリップサービスに鼻で笑う師としか見えなかった。

試験は無しかと、諦め掛けていた矢先。

「まぁ、及第点《きゅうだいてん》をやろう……では、馬鹿弟子に仕事を与える」

相変わらずの無表情から、合格の言葉が吐き出された。


仕事の内容に関しては、ユートも覚悟をしていたつもりであった。そして師からも「人を殺せるか？」と問われた以上、試験、即ち今回師から与えられる仕事は「人殺し」だと心に留めていた。

カウンターを挟み、師の横に座るユートと、対面してカウンターの中に立つタガート。師は目線すら動かさずに、コートの懐から羊皮紙を取り出し、ユートの前に置いた。

「傭兵にしろ……剣士にしろ騎士にしろ、避けて通れないのが殺しだ。腰元の武器を血に濡らさぬ奴はいない。馬鹿弟子は俺に愬うた。復讐したいから力をくれとな……」

「はい……」

「この仕事は、その一歩だ……そして、俺の教えが頭にあるかも確かめる。羊皮紙の一枚目を見ろ」

置かれた羊皮紙を掴んでみれば、二枚を乱雑に纏《まと》めて重ねていたのが分かり、ユートは師に言われた通り一番上の羊皮紙に目を通す。

一枚目の羊皮紙には、黒のインクだけで顔が描かれていた。黒のインクだけであるが、輪郭や髪型、表情からおおよそ二十台の男と分かる。

「今回の仕事は、その人相描きの人物……シェイン王国騎士の一人を殺す事だ」

この羊皮紙に描かれた男が王国騎士と聞くや否や、少年の羊皮紙を握る手に力が篭る。自分の村を焼き払い、両親を殺した国に忠を誓う男。復讐の第一歩には、自分の始まりには御誂え向きの相手であった。

「ただし、お前にはこの男を一から探して貰う。俺はこの男の場所から素性、名前、立場の全てを知っているが……お前の情報収集能力を試す。一傭兵として戦場で生き残るならば、情報は生命線だからな」

師の言葉に、ユートは顔の筋肉が強張り、引き締まった。与えられた人相書《にんそうが》きの特徴はしっかりとしているが、情報はそれだけである。そこを自分で補えるか否か、それを確かめるのだと。

師も口にしたが、戦場と言うのは変幻自在であり、そんな中で明確かつ不変な情報というのは自分の生存確率を上げる貴重な宝なのだ。敵対する敵の数から武器、練度《れんど》から、深くまで掘り下げれば現在の部隊における心理状況、地形、こちらが下せる手段。

その場のとっさの判断が必要な際に、頭にそれらの情報の有無で天と地の違いがあると、師からユートも言葉だけではあるが習っていた。

それを今……戦争ではないが形を変えて、それらの情報を収集する事が出来るか実践する事となった。

「あぁ、それで二枚目には何も書いてないわけですね？」

ふと、重なっていたもう一枚の羊皮紙に何も書かれていないのを見て、ユートはこの羊皮紙にその標的となる男の情報を書き記すのかと予想して聞いた。師は予想通りと言う態度で頷き、頬杖を着いた。

「賢しさだけは身につけたか、あぁ……それでだがな、情報収集は三日以内にしろ、殺しはその二日後にする」

「はぁ……何故？　標的が逃げるかもしれないのに？」

白紙の羊皮紙の意味合いを悟られた師は、少々その賢しさに不機嫌を露《あら》わにしつつも、弟子のユートが何故と思う殺しの条件を提示した。情報収集の時間制限は分かるとして、殺しは更に二日後、つまりは五日後に標的を殺す理由が分からなかった。情報収集後、即時行動を覚悟していたユートからしたら、力が抜ける言葉であった。

「ボッちゃん、そら仕事にも条件はありまっせ？」

それを説明するのが、このパブの店主兼、元傭兵タガートであった。

「期日とかはね、早うても遅うてもあきまへん、依頼主と連携《れんけい》がずれまんねや……特に殺しは、依頼主によっては自分の目ぇで死体や殺す瞬間を確認せな気が済まん奴も居りますさかい、勝手に殺されたらぁ標的側と関係あるんか思われもします。依頼の期日は守らなあきまへん」

タガートの説明に、ユートは改めて納得する。期日を過ぎたら信用を無くす事は仕事上常識であるが、早く終わらせても時には弊害《へいがい》があるのかと納得した。

「さて、説明は以上だ……拠点としてこのパブ二階に空き部屋を用意している、この仕事をこなせるか見極めさせて貰うぞ馬鹿弟子」

これ以上は語らずと、師はタガートに対して首を動かすと、タガートは酒瓶の棚から適当に数本を持ち、師の前に置き、グラスを用意する。

師が酒を飲む時は、何があろうと動かない事をユートは知っていた。つまりは、語ること無し、さっさと行けと同じ意味であった。故にユートは、白紙と人相書きの羊皮紙を掴み、そして傍に置いたタガートから渡された自らの得物《えもの》、刀を携えてパブから出ていくしかなかった。

×

パブから出てきたユートだったが。師の言葉から少しだけ推察できる事があった。それは、標的の出現場所とでもいうか、その標的は近場に居てもおかしくないという事だった。

師は「情報収集は三日、その二日後に殺せ」と端的に話していた。つまりは、計上して五日後にこの人相の標的は、所定の場所、もしくは近場に現れるのではとユートは推測したのだ。

「王国騎士となると、教会か詰所か……」

そして、師は王国騎士が標的と言った。シェイン王国の騎士となれば、行動範囲も自ずと狭まるのだ。まず、騎士が駐在している場所としては詰所、はたまた勇者教会の警護に当たる者、そして町内の警備とした巡回が挙げられる。

そして、先程はすぐにパブへ向かったユートだったがこの町も相当な広さがあると分かった。人こそ閑散とはして居るが、建造物も多い。

何より……「剣十字を掲げる建造物」がいくつも目に付いたのが光明であった。

「剣十字」はシェイン王国国旗にも使われている象徴であり勇者教会もまた同じ形の物を掲げている。そして、これらのレリーフや旗を掲げる建造物というのは、騎士詰所、教会、病院と、国営施設を示す物でもある。

「この町に居るんだろうな……まず、騎士詰所を探してみようか」

安易だが、王国騎士ならば騎士詰所に居るだろうと、ユートはまだ名も知らぬ町の中を歩き、騎士詰所を探す事から始めるのだった。


パブから大体北西の方角へ歩くこと数十分、先程のパブ周辺に比べて人々が多く街中を歩いては、左右に点在する簡易な造りの露店や、店を行き交っている。

久々に他人を見る少年からすれば、目移りする光景だが、まずは仕事と慣れぬ人混みを歩いてはぶつかり、ぶつかっては歩いてを繰り返す。

そして、最初に目が付いた、建物の屋根に剣十字の旗を掲げた建物の前に辿り着いた。鉄柵の門は開かれ、そこから幾人も人が出入りしている。

その誰もが、下を見るように俯いて剣十字の小さな十字架を胸元に抱くよう持っているのをユートは見た。見れば鉄柵の門の左側に、これまた鉄のプレートで「グリニゴルブ支部勇者教会」と刻まれていた。

今更だが、町の名前を知ったユートは教会鉄柵の門からただ敷地内に目を向けた。教会内部への扉は開かれ、敷地内には幾人かが王国騎士の甲冑と、銀装飾の槍を携えている。頭部全てを覆い隠す兜故に顔は見えない。

「逐一見張りの顔を確認するのは無駄か……まずは詰所からだ」

もしかしたら、その見張りの中に人相書きの騎士が居るかもしれないがしかし、いちいちここから見て監視しながら待つのは時間の無駄と、別の国旗やレリーフを掲げる場所に赴こうとした矢先、ユートは視界の端で騎士に動きがあったのを捉えた。

教会奥から同じ甲冑の騎士が数名現れると、それぞれの場所に配置されていた騎士に向かい、槍を前に出す。警備していた騎士もまた槍を前に出すと、騎士達は入れ替わった。

どうやら、ちょうど交代の時間になったようだ。もしかしたらこの騎士に付いて行けば、詰所まで行けるかもしれないと、両手をポケットに入れながら様子を伺った。

やがて入れ替わりが終わり、警備していた騎士達は整列し、行軍の様に足並みを揃えて入り口である鉄柵の門に向かってくる。教会に入る人間も、その付近の人間もまた騎士の行く手を遮らないように端へ避けていた。

騎士の一列が、鉄柵の門をくぐり街中を歩む。それを尾けようとするユートだったが、ふと周りの人々が道を開ける中背後から尾けるのは怪しいと、再び人混みに紛れ込み、視界から騎士の一列を見放さないようにしながら尾行するのだった。

×

騎士の詰所は教会からさらに町の西の奥へ歩いた場所に建てられていた。教会がレリーフを掲げるのに対し、こちらは国旗を誇らしげにはためかせている。騎士達が入り口を前にして、見張りの騎士の前で敬礼してから詰所に入るのを見て、ユートは少し離れた建造物の壁にもたれながら、どうしたものか考える。

ふと見たところ、詰所には正面からの入り口以外は無く、その入り口もまた騎士が立ち警備をしている。周囲は鉄柵が囲まれて、登って侵入できない事も無いが、リスクが高い。

このまま張り込むべきか悩んだが、ずっと同じ場所に立ち続けているのも怪しいだけである。とりあえず、騎士詰所を横切り別の場所を探してみるかと、ユートはまず騎士詰所向かって歩き出す。

段々と近付いてくる騎士詰所を見ながら、手前から左へと曲がり道に逸れる。しかし、詰所にしては中々大きいなと、未だに視界で続く鉄柵の壁を眺めながら進んでいく。

そんな他所を向きながら進んでいれば、前から来ている人物にも気付くのに遅れるわけで、ふと気配を感じたのが幸いしたか、ユートはすぐに首を前へ戻して前からくる人物を避けた。

「あ、すいません」

「ああ、こちらこそ」

駆け足で駆け抜ける一人の男が、そんな他愛ない挨拶をしたのも束の間だった。ユートの左手が、素早く走り去る男の後ろ襟を掴んでいた。

「ぬぁあああ⁉」

突然掴まれた首、そして足場は土と雪のぬかるみ。つまり転ぶのは当たり前である。男の走り出すための足は宙を蹴り、背中から地面に叩きつけられたのだった。

「財布返せ、今スっただろ！」

ほんの一瞬、ユートはすれ違いざまに男がポケットに手を入れた瞬間を見ていたのだ。叩きつけられた男は、後ろ襟を持つユートに対し、暴れながら懐に手を入れる。

「糞ガキがっ！　気付きやがって!!」

懐から取り出した輝く刃物。ナイフでは無く包丁であった。刃物を取り出され、常人ならば竦むだろう身体。しかしユートの右手は男の包丁持つ手首を素早く掴み、そして倒れる男の胸に右膝を素早く乗せて押さえつける。

「ごぉおがぁ⁉」

胸に右膝を乗せる。それだけだが十分にスリを押さえつけていた。さらに後ろ襟を引っ張り首を絞めつけ、刃物を押さえつけると、スリはユートから逃げる事ができなくなった。

「おいそこの！　何をやっているか!!」

が、ここでユートは気付いた。現在、自分が居る場所は騎士詰所。その詰所の前で騒ぎを起こしてしまった。無論、町の警備として騎士が飛び出してくるのは当たり前であった。

×

「相手が何持ってるか分からないからね？　君みたいに若い子は血気盛んなのは分かる。だが……そのまま助けを呼ぶのがよかったかな、詰所があったわけだしさ？」

「はい、はい……」

財布をスられかけたユートは、スリを押さえつけた。そして現在だが、このグリニゴルブ王国騎士詰所の一室にて、事情聴取を受けていた。図らずも、詰所内部に入ってしまったのだ。

「本当に怪我はないかい、擦り傷とか……良くまぁ刃物相手に物怖じしなかったね？」

「いえ、全く無いです」

そして、事情聴取を聞く目の前の椅子に座っていたのが、人相書きの男と見ると、ユートは苦笑いするしかなかった。人相書きの男は、和やかなる笑みで大丈夫か、怪我はないかいとスリを取り押さえたユートに話しかけて、紅茶を振る舞い、状況やら事情を聞き出したのだ。

事情聴取の前も「一応、事件だし、必要だからお願いできるかな？」とへりくだった態度で言われ、ここは少年らしく応じた。

「親御さんは？」

「一人旅のものですので……」

「あぁ、そう……そっか、なら話はお終いだ、旅なら気をつけてね？」

羽ペンを走らせて、調書となるのであろう木の板に釘で打ち付けた羊皮紙に文字を記す。話はお終いと言われたユートが、ひとまず頭を下げれば標的の青年は立ち上がり、事情聴取として使われていた部屋の扉を開けた。

「入り口まで送ろう、ともかく気をつけたまえ？　君のような若者が理由無く死ぬのは惜しいからね？」

終始和やかな、毒気を抜かされる笑みで標的の青年はユートを先に部屋から出した。

騎士詰所と聞いて、ユートの想像からすれば日々練磨する騎士が剣を振るい、その腕を磨き戦いに備える場かと想像していたが、その想像は先入観に囚われた物だと気付かされる。

詰所内で鎧を着る者は居たが少なく、普段着の者達が様々な部屋で書類に目を通したり、羊皮紙と格闘していた。詰所内を歩きながら、騎士とはとユートは考えさせられる。

「騎士は……普段は書類仕事をしているんですか？」

「そうだねぇ、戦争も無ければ、化け物も出ない、野盗盗賊も居なければやるのは殆ど書類仕事さ、それに……騎士とは言っても僕らは下っ端、一兵卒と同じなのさ。領地を与えられて爵位《しゃくい》を貰って……本当の騎士となると貴族と同じ扱いになる」

組織の下層は、どこでもこの様な形さと標的の青年はため息を混じらせ、ユートの質問に答えた。

青年からしたら、被害者の少年が何気ない質問をしているにしか見えないが、ユートからすればその言動、人となりを読む為の質問であった。

ユートは、自分なりに標的となる人物を分析する。これは好機であった、思わぬ幸運であった。標的からすればこちらは初めて会った知らぬ少年。その少年がまさか命を狙うとはまず思うまい。先程の事情聴取と会話から、ユートはこの人物が人当たりの良い好青年であると分かった。

「あぁ、イグルここに居たか……」

出口までを歩いていると、また別の男が、標的の男に対して名を呼んだ。標的の男の名は「イグル」というらしく、その男は呼ばれた方向に振り返る。

「所長、どうしましたか？」

「あぁ、先程のスリに関しての調書だが提出を頼むな、それだけだ」

「かしこまりました、あぁ君……ともかく気を付けなさい、お大事にね？」

詰所の入り口、その両開きの扉を開けられてユートは軽く頭を下げて外に出た。詰所から町へ出る短くも長く感じる庭を歩みつつ、ユートは頭の中で整理を始めた。

標的の騎士の名前は「イグル」。態度からして人当たりも良い好青年である。まずはそこまで分かった。もう少し踏み込めば、まだ分かる事があったかもしれないが、怪しまれるやもしれぬと踏み込めずに居たユートは、背後に見える詰所を見つめ、それから周囲を見回した。

「夜からだな……よし、一度戻ろう」

そして、ある場所をしばらく両の目で見つめてから、少年は与えられた拠点であるタガートの酒場へと戻ったのであった。

夜となると、都市近辺でもない開発もされていない町は闇に包まれる。頼りになるのは家屋から漏れ出すカンテラのうす明かり。月光は例によって雪雲に隠れて、より一層グリニゴルブの町を夜の闇に染めていた。

騎士詰所もまた、例に漏れず内部を照らす、薄明かりが窓より漏れていた。その灯りの線を雪がひらひらと落ちていく。

騎士詰所から、一人、また一人と人が出ていく。誰もがこの寒さを防ぐ為の毛皮の外套《がいとう》を纏い、雪に足跡を付けて町のあちこちへ向けて散らばっていく。

ユートが標的とする騎士の青年、イグルもまた例に漏れず詰所の入り口より出てきた。詰所の入り口から出た彼は、毛皮の外套とフードを被り雪から頭を、寒さから耳を守り雪の道を歩いていた。

「終わるのはこの時間か……」

それを、ユートは詰所の対面にある家屋の屋根に寝そべり、身を低くして監視していた。夜闇にユートが着込む黒のコートは紛れて偽装し、また相手も夜の視界から彼を見つけるのは無理であった。

騎士イグルは、詰所より東側へと歩いていた。これを見たユートは、騎士イグルを追跡する為に家屋の屋根から立ち上がる。

「っふ！」

息を吐きながら、少年ユートは屋根から足を外して落下する。そのまま手が屋根の縁を掴むとぶら下がり、また離しては壁の窪みを指で掴み、地面へと着地した。

登る事もできれば降りる事もできる。訓練を積んだユートからしてみれば少しの窪みや掴む場所さえあれば、猿のように登る事ももちろん容易かった。

さて、追跡せねばと騎士イグルの背をしかと目に納めてユートは大通りを歩き出した。無論気付かれないよう、そして見失わぬように距離を取る。カンテラの灯りのないまま、町中を進む騎士イグルの足は、南東へと向いた。

ユートが師に与えられた拠点がある方向である。ユートの足もまた彼の足を辿り続けた。

その時であった、イグルは何かを思い出したかの様に突然足を止めて、踵《きびす》を返して来た道を戻り始めたのだった。突然、此方へと戻り出した相手を見てユートはまずいと肝を冷やしたが、すぐさま顔を逸らしつつポケットに手を入れながら歩くのをやめずまっすぐと進み続けた。

下手に隠れたり、行動を起こせば怪しいと、ただの通行人のフリをする事にする。そのまま騎士イグルは早足に、ユートの少し離れた右側を通り抜けた。

「あっぶな……」

昼間に顔を合わせたのだ。もしかしたら声を掛けられたかもしれないと、大丈夫だと息を吐いて再びイグルの背を視野に入れる。彼は早足に、ある施設へと入って行った。

そこは、勇者教教会。最初にユートが標的の騎士イグルを探した場所であった。教会に何故早足に？ と気になるユートだったが、周りは鉄柵で見通せる為、接近した際に気付かれかねないと思い近づけなかった。

しばらくして、イグルが白い息を吐きながら出て来たのを見て、ユートは一度大きく離れて気付かれない様にし、通り過ぎてからイグルの背を追い続けた。

×

グリニゴルブの町南東、ユートが拠点とするパブよりさらに東側は、民家が建ち並んでいた。夜中ということもあり民家の灯りも無く、街中よりもより暗さが分かる。

その民家の中で唯一、灯りを漏らす家に騎士イグルは入って行った。その民家に近づけば、ユートはまず周囲を回る事にした、どこからか、中の様子を伺える場所があるやもしれないと歩き、探す。

民家の裏へ回り込めば、灯りを漏らす小窓が見つかった。ふと、周囲を見回して誰も居ないかを確認してから、その小窓にゆっくり近づいて中の様子を覗いた。

中に居たのは女性であった。木の揺れ椅子に腰掛けながら暖炉の火にあたり、膝掛けをして笑顔を作っている。それに笑顔を返す騎士イグルが何かを彼女に言うと、彼女はイグルの手を自らの腹に置いた。

ユートは目を凝らす。イグルと女、両者の唇の動きを注視した。耳は声を捉えずとも、唇の動きから読めるやもしれないと、ユートはしかと唇を見た。

そして、頭の中で二人が何を言っているのかを照らし合わせ……ユートは窓から離れた。騎士イグルは「もうすぐ結婚式……」その民家の女は「動いているわ……」。そう、確かに唇が言葉を紡いだのである。

後ずさりしながら、ユートは身体中に冷や汗をかき、肌寒さをしかと感じた。そして思い出す。師はこの騎士イグルについて全て知っていると。

師は、殺しを命じた。しかし殺しの相手は……こんなにも幸福の中を歩む男だった。師から傭兵として鍛えられ、力を与えられた。そんな少年は、いかに鍛えられたとしても、倫理観や人間性まで破綻《はたん》してはいなかった。

奪われたが故に「復讐」を糧に生きた少年もまた、人一倍「幸福」に対して執着に似た思いを馳せていたのだった。

✕

「あんさん、ほんま人間やめたんやなぁ、これは何本も開けるもんちゃうんやで?」

「だな……タガート、まだ飲ませろ」

「パブ・サイレンスフリート」の店主かつ元傭兵タガートは、昼間から酒を掻っ食らうユートの師に対して腕を組み、傍にそびえる十数本の空き瓶を眺めながら溜息を吐いた。空き瓶の酒、それらは全てこの寒さから体を温める為に、アルコールの度数が高い酒である。

それら十数本、ユートの師は彼に依頼を言い渡してから飲みに飲みくれて、夜中まで飲み続け、それでもなお酔いの一つも身体には見せなかった。顔も赤くならず、呂律も回り……態度も変わらない。

棚の酒瓶を置けば、自らで勝手に栓を抜き、グラスに並々と注いで煽るという行動を繰り返す。再び瓶から酒を注ごうとした時、パブの扉が勢いよく開き、雪にまみれた子供が白い息をゼェゼェと立てて上がり込んで来た。

「なんやボッちゃん、えろぅ急いで……どないして――」

「先生、全部知ってるんですよね、あれも……騎士イグルが結婚前で、子供が居る事も！」

少年ユートは、カウンターに座る師匠目掛けて問い詰める。決してこの瞬間まで止まらなかった、ユートの師が持つグラスの動きが止まり、カウンターに置かれた。

「まさか、一日経たずにそこまで情報を掴んだか。……それが幸運にせよ、偶然にせよだ……初めて馬鹿弟子のお前に花丸を付けてやりたい気分だ、褒めてやる。隠密か暗殺者になれるぞ」

初めて師から褒められたが、それどころではないと少年ユートは師をしっかり見つめる。師は表情を作らず、首をユートへと向けた。

「そして、勿論だ馬鹿弟子……騎士イグル・ストレガツヤは四日後にこのグリニゴルブの町教会で挙式する。婚前に孕《はら》ませた愛する女とな」

「最悪だ!!　あんたは……悪趣味だ!!　育ててもらった恩も、鍛錬の恩も吹っ飛ぶ程に!!」

師からの説明を聞き、最悪の事態にユートは師を糾弾した。それこそ今までの恩など知るかと言う程に、怒りが収まり切らなかった。

「日時の指定は結婚式の当日！　僕に結婚式で殺させて、幸せを踏みにじれと!?　そう言う事か、そうなんだろう先生、いや！　フェドル・エルメーリャ!!」

先生から呼び直し、師の名前を呼んだユート。最早、この人を師など呼べるかと言う意思表示ともとれた。だが、ユートの師フェドルは、怒る弟子に対してなんら表情を変えず、言葉を返した。

「踏みにじられたお前が言うか？　馬鹿弟子……」

「っ……!?」

「お前は奪われた、そして復讐を決めた……なら、踏みにじるのは当たり前だ……。これからもずっと、ずっと、沢山沢山……様々な人間の全てを踏みにじるのだからな」

餓鬼の一時の怒りは、大人の一言に言を潜めた。

復讐の始まりは、自らの細やかな幸せを踏みにじられた事だった。ただ普通に暮らし、ただ細やかな幸せに包まれていた。それを赤の他人に踏みにじられた。

両親は殺され、村は焼かれ、はためく旗に憎悪を感じた。この憎悪が、少年の足を今日まで立たせたのだ。

両親を殺した国が憎い、幸せを壊した国が憎い。憎い、憎い、憎しみを糧に肉体を錬磨して今日が来た。そんな今日、改めて他人の幸せを見て、壊す事は出来ないと我儘を吐いた。

当たり前であろう、倫理、人間性が普通ならそんな事出来ない。少年は未だに普通だ。錬磨しようと、憎しみを募ろうとそこだけは変われない。

この試験の目的がそれだ。

「己が復讐の為に、赤の他人の幸福を踏みにじれるか？」

「人の倫理を捨て、狂人となれるか？」

「ただの少年ユートは、復讐鬼ユートとなれるか否か……」


「言ったろう……人を殺せるかと、な？」

立ち上がるユートの師、フェドルは俯く弟子に聞いた。改めて、人を殺せるかと。カウンターからタガートが心配そうな眼差しを見せるがそれを見て、何も言うなと目線で釘を刺す。

「好きにしろ馬鹿弟子、ここが分かれ道だ……復讐を忘れるならタガートに刀を返せ、今のお前なら一人で細々と何処でも暮らせる……忘れられないなら……踏みにじってみせろ、そして実感しろ、奪い、殺し、踏みにじる事がどんな感覚かをな？」

師のフェドルはそれだけ言うと、ユートの横を通り抜けた。

「お前の好きに生きろ……ユート」

横切り様に呟き、師はパブの扉を開けてでていった。少年は立ち尽くし、それを店主のタガートは見つめる。

「ほんま、変わらんなぁフェドル……とりあえず、ボッちゃん……飯でも食うか？」

卓上に置かれた湯気を立てる赤の液体。そこには乱雑に切られた、根菜から玉ねぎ、肉の塊と形容すべき肉が盛り付けられていた。手前にスプーンが置かれ、カウンターでそれを見つめるもユートは手を出せなかった。

「金は貰っとる、遠慮せんでええから……それとは違うか」

金銭からの遠慮ではないのは、先程の一時で理解してはいるが、タガートもまた目の前のフェドルの弟子ユートが打ちひしがれている様には同情を感じていたのだった。

「ボッちゃん、親ぁ殺されて……シェイン王国に復讐したいからフェドルに弟子入りしたんやってなぁ……」

「……はい」

「復讐か……俺と同じやなぁ。俺も復讐したんや、妻を山賊《さんぞく》に殺されてもうてん」

俯きながらも、ユートはタガートの話に耳を傾けていた。タガートもまた、妻を殺されて復讐に身をやつしたと言う。

「酷い有様やって、森ん中に打ち捨てられて裸にされて身体中、顔もズタズタやって……誰かも分からん、そらもう、俺も傭兵やし、愛した女やさかい……子供にもあいつら殺りに行くんだって言ってなぁ」

タガートの話は続く。俯いたユートの顔はその話をしっかり聞く為に、虚ろな顔ながらもタガートを見ようと顔を上げ始めた。

「そんでもう、叩っ殺しに山賊のとこまで行ったんや、一人でなぁ……一人一人叩っ殺して、その内一人の山賊が妻の髪飾り持ってたんや。そらもうそいつがやりやがったんだって、もう殺す為に死に物狂いですよ……何度叩っ殺してやるって言ったか……」

「それで、タガートさんは……殺したんですか？」

「誰か分からんくらい、顔面に剣を突き立てたんですわ……そん時はもう真っ白や、復讐した、殺ったんだってねぇ……けどねぇ、後に来たんですわ。虚無感……復讐しても愛した女は生き返らんって、虚しさが来るわけですよ」

タガートは語る。復讐の後の虚しさ、虚無感の去来。ユートはこれを聞いて感じた。そう、自分もまた復讐の果てにあの幸せは、両親は帰っては来ないのだと。

「けどねぇ、ボッちゃん……俺は復讐して、良かった思うたんよ今でも」

「へ……？」

だから復讐は無意味だ、やめなさいと、復讐の虚無感を語ったタガートが、そう言うかと思っていたユートは驚いた。最初の口ぶりから、そう言うのだろうと、しかし真反対の言葉にユートは思わず反応してしまった。

「妻は戻って来ませんよ、仇は取ったけどなぁ……無意味やと思うけど、自分は満足してん……結局はそれ、全部自分の為にやったんだって……」

しみじみとして、酒瓶の棚を眺めるタガートの横顔を、ユートは見た。

「結局人は、最後は自分が満足する事が大切やからな……ボッちゃん、正直に決めなはれ」

×

結局、一日が経過した。ユートは師のフェドルに当てがわれた拠点、パブ・サイレンスフリートの二階で目を覚ました。時刻にして昼前か、起床して一階に降りたユートは、師の姿が無い事に気付いた。

本当に、師のフェドルが消えたと実感したユートは朝食も取らずグリニゴルブの町を散策する事にした。タガートから、朝食はいらないのかと呼び止められたが、いらないと、せっかく用意してくれた事に対して申し訳ないと頭を下げてパブを出た。

昨晩雪が降ったのか、見えていた地面も雪で隠れ、新たな真っ白の地面にソリや人の足跡が刻まれている。普通に歩いて足首程までめり込む雪を踏みしめながら、ユートはグリニゴルブの町を歩く。

タガートから聞いた昨晩の話を思い返しながら、名前しか知らぬ町を歩いた。

「自分が満足する事が大切……か……」

タガートは言った。自分が満足するかどうか。復讐して、俺は虚無感を覚えたが満足したと。ならば、自分はどうだと考えてみた。師のフェドルが用意した標的は今幸せの絶頂にある。その幸せを壊して自らが満足できるかは否である。

しかし……己が国に、このシェインという名の王国に復讐したいのは確かだ。決して、今尚憎くて仕方ない。だが、師はそれらをする前に標的である騎士を壊してみろと言う。

ユートは感じていた。仮に……この標的である騎士イグル・ストレガツヤだけを避けて復讐の道を辿るとしても、その先でまた同じような境遇の者と会った時、また逃げるしかないと。同じ境遇の、幸福の人間を殺せずに進む道などあるのか、いや、あるわけが無いと。

しかし、復讐の為の礎に彼を殺してどうするか？　騎士イグルの妻、その腹に宿る新たな命は？　その妻はどうなる？

己が満足行く道など、最早復讐を忘れる以外無いのではないか？　そうと思い始めたその時だった。爆音が響いた。しかしそれは遠い場所から響いた音であり、決して近くの音では無かった。周囲を見渡したユートは、煙がもうもうと上がる空を見た。遥か南東グリニゴルブの入り口よりさらに南から煙が上がっていた。

何事かと、少年の足は雪を蹴った。途中で足を取られて崩れ、それでも立ち直り雪を蹴り、グリニゴルブの入り口へたどり着く。しかし、煙は遥か先から上がっていた。

「何があったのか……いや、まさか……」

爆音から単純だが、火をイメージしたユートは、かの日の事を連想する。最早トラウマとして刻まれた、森を、村を焼き尽くす火と剣の十字架が脳裏を過る。

もしやという背を這う悪寒から、ユートは雪の道を駆け抜けた。

雪上を、しかも降り積もった雪の上を駆けるとなるとそれに伴う体力の消費は激しい。大の大人ですら、足を雪に取られて走り続ける事は出来ないだろう。

しかし、ユートの健脚《けんきゃく》は雪など無いに等しいとばかりに雪を巻き上げて走っていた。極寒の地獄ルーシェアの吹雪で鍛え、いじめ抜かれた身体は、十四歳の少年の枠を越えた力を宿らせていた。

白に染まる地面を抉り、雪を巻き上げ疾駆する少年。巻き上がる煙の柱が確かに、少しずつ近づいて来る。自らの身体が風を切り、その音を聞く中で、ユートは確かな異音を捉えた。

「馬の嘶《いなな》き……!?」

確かに、自らの耳が馬の鳴き声を聞いた。誰かが、前方から近づいて来ているのだ。足をすかさず止めて、ユートは右側に広がる林に飛び、身を隠した。

前方から確かに聞こえる喧騒と、雪を踏む音。木陰よりそれを確認してユートが少し膝を伸ばして雪道を見れば、昨日も見たシェイン王国の甲冑がひしめき合っていた。

隊列を乱さず、呼吸も乱さず行軍する様は圧巻だが、その甲冑に返り血が付着しているのを見るや、ユートの顔が青く染まった。その甲冑達の行軍が立ち去るまで、どれくらい経過したか。甲冑の音と喧騒が消えてから、ユートはゆっくり立ち上がり、煙の立ち上がる方角を見て、先程の疾走が嘘のような重い足取りで、煙の柱へ歩いて行った。

轟々と、体になびく熱風は、この雪の寒さを吹き飛ばし、紛れた匂いが鼻を潰す。独特な臭気はまさしく、人の肉が焼け焦げる匂い。立ち上る煙の柱は、様々な家屋、死骸が焼けて出る煙が合わさったものであった。

日中かつ、雪の白ゆえにくっきりと目立つ炎の赤が、斑らに、不規則に揺れ動いている。

「まだ……あるのかよ、やっていたのかよ……」

雪を踏みしめ、炎に焼かれる山村か町だか分からぬ場所を見つめながら、過呼吸になりかけの浅く早い呼吸で、ユートは惨状を見つめていた。

ただの山火事ならどれだけ良かったか。仮にも事故なら安心できた。しかし、炎の中で熱風にさらされて翻《ひるがえ》る旗に、これが現実だと、少年は直視する。

「異端狩り……十年経とうが、まだ、まだ……」

積み上げられた無惨なる骸《むくろ》。大人も子供も、老人も女も関係無く、殺されて、積み重ねられた頂にそびえ立つ『剣十字』の『シェイン王国旗』。十年経とうが、その光景はまさしく自らの体験したそれと同じ姿で、自らの前に現れたのだった。

膝が竦《すく》む、動悸が激しい。それでも少年は火に包まれた跡地へ近づいた。ふと、彼の視線が動く影を捉えた。

積み重ねられた死体を見上げる、まだ年端もいかない子供。何も分からずただ旗の立つ骸の山を見上げていた。

ユートは、声を掛けようとしたが何も言えずに居た。火があるから危ないとか、さっさと逃げろとか、その子供に対して何と言うべきかわからなかったが、足だけは子供に近づいていていた。

ついには、子供のすぐ後ろ、骸と旗を見上げる場所に来てしまう。そしてそこまで近づいてしまえば、子供が気配に気づいて振り返った。

子供は男の子で、不思議そうにユートを見つめてからまた骸の山を見上げ、そしてまたユートを見上げた。

「おにーさん、おかーさんとおとーさんをおこしてよ、あそこでねてるんだ、ぼくよりねぼすけさんなんだ」

それを聞いて、ユートは心臓が潰れたような感覚を覚えた。男の子が指差すは骸の山。確かにそこで男女の亡骸が苦悶の表情で事切れている。この子は、両親が死んだ事にすら気づいてないか、受け入れる事が出来ずにそう言っていると気づいて、目頭から熱を感じた。

少年は理解する。この子供は、僕だと。あの時の自分が、ここに居るのだと心より理解した。

そして、気づく……。心底に確かに感じた燻り、火種を。

嗚呼、これは……あの時からずっと感じていた感情だと。怒りよりも強く、悲しみより激しく、苦しみよりも痛い、それでいて身を焦がすような重い感情。

お前だけは許さんと言う「憎悪」

お前だけは必ず殺すと言う「怨嗟」

それは決して、他人から植え付けられた物とは違う……両親の仇は言い訳にしかならない、それはただの建前なのだから。

そこに、倫理や人間性など、初めからありはしない……これは人でなしの獣の所業だから。

そこに、立場など関係無い……「あれ」を掲げる奴ら全てが敵だから。

根元の根元、始まりはあの炎に浮かんだ旗と、刻まれた十字架。あれが無くなるまで、己の視界から消えるまで、この世界から消えるまで……『剣十字』への『復讐』を、自らで決めたのだ。

少年の口が、ゆっくりと吊り上り笑みを作った。先ほどの、心臓を握られたかのような苦しみは、とうに消え失せていた。その心に残ったのは清涼感だった。この炎が気付かせてくれた。この山積みの骸が、思い出させてくれた。この少年が、踏み込めぬ自分を焚き付けてくれたのだった。


「おにーさん、どうして……笑っているの？」

こちらの笑みを、不思議そうに眺める男の子に、ユートは口を開いた。

「いいや……別に、君には関係ないよ」

「おにーさん、僕はどうしたらいいのかな？」

「知らないよ、泣くなり喚くなりすれば？　それかまぁ……僕みたいにあれを怨んで生きれば？　まあ、勝手にしなよ？　僕も、自分勝手にするからさ……それじゃあ」

今の今まで考え過ぎていた自分を、知った事かとばかりに子供に当てつけのように吐き出してから、ユートは、火に包まれつつある山村から抜け出した。

あのガキがどうなろうと知らない、それは自らと関係無いから。今は自分の為で一杯だから、構う暇などありはしないのだから。

それは他人の為という建て前や、尊い行いという自己正当化の綺麗事でも決して無い。最も醜く、それでいて当たり前な行動原理。

「自分が決めたから、納得するまでやるだけ」

嬉々として軽やかな足取りの狂人を、子供は骸と火の海から見るしかなかった。

×

出て行ったユートに対して、タガートは心配していた。未だ年端も行かぬ少年が、復讐の為に鍛え上げて今日まで生き、その始まりとなる日に現実を突きつけられて、参っているのだ。

タガート自身は、自らの身の上話を聞かせて自分が満足する選択をしろとは言ったが、正直なところ、刀を返して欲しいと思っていた。人を殺し、その先の汚泥に塗れた道に行かずとも、復讐を忘れさえすれば幸福が掴めるとも思っていたからだ。

帰って来たら彼に促してみるかと、グラスを磨きながら考えていたタガートだったが、昼間に開けられた扉の先で見た姿に、タガートは、もう遅いと宣告を受けた。

「ただいま、タガートさん……」

「ボッちゃん……誰を叩っ殺したんですか？」

「まだだよ、タガートさん……なにせ、これから殺しに行くんだからさ……」

険しい表情で、あまりにも朗らかな笑みを浮かべるユートを見てタガートは磨きあげたグラスを置いた。あまりにも遅すぎる判断に、取り返しのつかない現実に、内心で溜息を吐きながらも、タガートは笑顔を見せた。

「ボッちゃん……なら、刀は返さんでええから」

「はい、タガートさん……僕、やりますよ、踏み躙《にじ》りますよ……あいつを、騎士を殺りに行きますから、決めましたから僕、四日後行きますから」

壊れたゼンマイ仕掛けのように話すユートを、タガートは頷いて話を聞き続けた。

×

四日後――。

グリニゴルブ勇者教教会は、祝の一文字のムード一色だった。紅のバージンロードを、少しお腹を膨らませた美女が、白のドレスを着て歩み、花婿の青年の元へたどり着く。

花婿は、胸に剣の十字架を抱き、笑顔で美女の手を持ち、二人で神父の元へと共に歩む。手を繋ぎ、これからの明るい未来を確かに感じて、低い階段を登る。

神父は新郎、イグル・ストレガツヤに聞いた。勇者の御前、その愛に偽りは無いかと。イグルが当然とばかりに頷けば、神父が妻となる美女に同じ質問を問う前に、美女が無論誓えるとフライングする。

教会の席にて参列する関係者から笑いが起こるも、可愛らしいミスをした新婦に新郎イグルが笑みを見せた。

では、誓いをここにと神父様は誓いの接吻をするようにと言った。

イグルは確かな幸福を感じた。これから彼女と共に歩み、共に生きる幸福が目の前に広がっていると確信したからだ。目を瞑り、顔を近づけ、あと少しというところで音を聞いた。

ふと、教会の扉が開いた事にイグルは気づく。そこでイグルは見た。黒いコートの少年が、教会の扉を蹴り開けてこちらを見ている。

それが、数日前に会った一人の、事情聴取した少年だと気づいた。何故、彼がここに来ているのかと不思議に身体を止めた矢先、イグルは見た。

不敵に、妖しげに笑みを浮かべて歩き出した、その少年の右手には、鋭く長い刃物が握られていた。

狂った笑みを浮かべて、大理石の床を蹴り、突進する少年。教会内の親戚、関係者たちは悲鳴をあげる事しか出来ず、イグルもまた出来る事は一つだった。

「後ろへっ!!」

妻となる彼女を守る為、身を挺する。少年は、それが狙いとばかりに刃物を振り上げ……。

「死ねよ王国の人間。今度は……僕が踏み躙る番だあああああああ!!」

横薙ぎに、白のタキシードを斬り裂いた。

「嫌ぁ！　嫌ぁあああああ!!　嘘よ!!　イグル！　イグルぅううう!!」

「き、君が……何故……」

腹から吹き出す血液と臓腑を力無く押さえる標的、騎士イグルを見下ろし、返り血を浴びたユートが肩に刀を乗せて呟いた。

「自分で考えろよ騎士さんよ、踏み躙られた人間の怨嗟……少しは理解してくたばりやがれ、ばぁか」

「き……みも……そう……か……」

イグルは、ユートの冷たく、それでいて悲痛な眼差しを最後に見て、命を落とした。割れた腹より流れ出す湯気立つ臓腑と、光をなくした瞳。それを眺めつつ、ユートはイグルの妻となる筈だった名前も知らぬ花嫁へ目線を移した。

気丈かつ、怒りを湛えた涙目でユートを睨みつけ、彼女は叫んだ。

「どうしてよ!! なんでイグルを殺したの!? 私が、イグルが何したってのよ!! 答えなさいよ、答えろ! 答えーー」

「黙れよ、クソアマ」

煩わしく、なんと型にはまった言葉だろうか。聞くのも嫌だと、ユートは袈裟に刃を振り下ろした。うつ伏せに倒れ、血だまりで床を濡らす新婦。しかし、首だけをあげて新婦は血を吐きながらも、ユートを睨み続けた。

「くそっ……仕損じた……」

「人を殺した気分はどうだ……?」

背後より、声が掛かった。振り返ればそこに居た師匠のフェドルが居た。その顔に表情は無く、ただ漠然としてこちらを見つめている。

「フェドル……先生、来てたんですか？」

「恐れと……良心に揺れたな？　震えているぞ、馬鹿弟子」

初日より、ユートから反論を受けて消えていたフェドル・エルメーリャが、突然現れた事にユートは驚くも、彼の話は聞いてないと横を通り抜け、血を吐き見上げるドレスの女の延髄《えんずい》に刃を突き立て、横へと振り抜き首を切り落とした。

刺してから振り抜いて、切り落とす芸当に、ユートは身体が震えた。普通なら、脊椎《せきつい》に遮られて出来ない芸当を、淡々と見せた師に畏敬《いけい》すら感じた。

「殺すなら、最後までだ……余計苦しませる……殺す情けを知れ、馬鹿弟子」

「……はい、分かりました……フェドル先生」

それだけ言って、無造作に女の頭を放り投げた。頭は絨毯の上を左右へ揺れて転がり、その怨嗟に濡れた叫びの表情を此方へと向けた。今にも首だけで動いて、噛み殺しに来そうな表情に少年は震える。それ程まで、恐ろしさと、呪詛めいた物が見えるのだ、それを必死に抑えようと歯を食いしばった。

「結局、踏み込んだか馬鹿弟子……」

「ええ、はい……復讐を忘れて生きる事は出来ないので」

師のフェドルは腕を組み、弟子であるユートを見た。その面に、ガキの甘さは微かに見えるが鳴りを潜め、表情も一つ深さが見て取れる。ユートもまた、やはり復讐を忘れられないと、標的である騎士イグルの亡骸を見ながら呟いた。

「どうだ、幸福を踏み躙る感覚は……」

「さぁ？　知りませんよ先生、他人よりかは自分なので……あー……少し、高揚はしましたが？」

だが、この変わり様には師のフェドルが、無表情から崩れた。四日の間、殺しにたじろいでいたガキの姿がこうも変わった事に師のフェドルは驚きを隠せず、眉間に皺がよってしまったのである。

少しの高揚感、それがフェドルの表情を崩す単語だった。人を殺し、罪悪感や虚無、空白を感じるならまだしも、薄らと笑みを浮かべ高揚すると、弟子が言ったのだ。

果たして少年は、復讐の道の一歩を踏み込んだ。それどころか師のフェドルから見たら、一歩ではなく、一気に走り出したかのような勢いすら見えたのだ。

何がこのガキを変貌させたのか、何がこのガキを狂わせたのか……フェドルは鼻で笑い、弟子に背を向けた。

「馬鹿弟子、次会うとしたら……お互いが殺しあう状況にすらなるやもしれんだろうな、はたまた肩を並べるかもしれん……ともかく、前者にはならないよう祈っておけ」

だが、これ以上は何も聞くまいと、聞いた所で自らの為にもならないとフェドルは教会の外へと歩き出した。

「せめて、悔いの無いように生き抜くんだな……ユート」

今度こそ、師と弟子としてのお別れだろうと、ユートは白いコートの背中を見送る。軽く頭を下げ、しかし礼は口にせず……顔を上げた時には師の姿は忽然《こつぜん》と消え、グリニゴルブの教会は静寂に包まれていた。

✕

残るは、自分自身と夫婦となる筈だった男女の亡骸《なきがら》のみ。さっさと立ち去るかと、赤の絨毯を歩き出して出口に向かうと、ふと背中に日の暖かさを感じた。

振り返り見上げれば、教会のステンドグラスが目に入る。無論、そこにも遺恨《いこん》の『剣十字』は象られていた。そこにもあるのかと、ユートは等間隔に並べられていた長い燭台《しょくだい》を掴んだ。

「僕が……僕自身がこの十字架をこの世から消し去るまで……生き抜いてやる、闘い……続けてやる!!」

そして、それをステンドグラス向けて思い切り投げつけた。槍のように一直線に燭台は吸い込まれ、ステンドグラスは音を立てて崩れ去る。陽光を乱反射していくつもの破片が落下し、雪のように骸へ降り注ぐ。

「本当……目障りな印だよ」

それを見て、少年は開け放たれた教会の扉へ、修羅路の入り口へとつながる出口へと歩いて行った。

パブ・サイレンスフリート。グリニゴルブの町の酒場で、タガートは今日も酒や料理を振る舞う。

カウンター席に座す、黒ぃ肌、黒ぃ服……恐らくだが下着すら黒で統一してるやもしれない男に対して、酒瓶を乱雑に置いた。

黒い肌の男は酒瓶の注ぎ口を右手に包み込むと、ビキリと音を立てた。酒瓶の注ぎ口は綺麗な断面を見せて割られ、男はそこから豪快に中の液体を飲み下した。

「あんさんも、ここに来てたんねぇ？フェドルには会ったのか？」

「奴の方から来るだろうよ、うぬも息災の様だな……」

旧来の友の様に、タガートは黒い肌の男と語る。そして黒い肌の男もまた、フェドルを知る男の一人であった。黒肌の男が、再び酒瓶を傾けて煽ると、パブの入り口となる扉が開いた。

「あぁーほんまに来たわ、どこ行っとったんや、フェドル？」

パブの入り口に立つ、病的な白肌の男フェドルは、カウンターに座す黒肌の男を見るが、鉄仮面のごとく表情を固めて隣に座った。対して黒肌の男は、白い歯を覗かせて笑ぃフェドルに語り掛ける。

「聞いたぞフェドル、あの小僧がついに童貞を捨てて俺達と同じ道に足を踏み入れたとなぁ、師として貴様も感慨深ぃのではないか？」

「貴様とて、徒手を教えた師だろう……どう見る？」

黒肌は、カカッと喉を鳴らして笑う。

「無論、楽しみで仕方ないわ……あの泣き虫小僧が小鬼になって何処まで行くのか、道半ばくたばるか、見ものであろう？」

フェドルが鉄仮面なのに対して、黒肌はよく笑った。こうも人間は別々と区切れるほどに違いがあるのだなと、カウンターのタガートは新たな酒瓶を二本、二人の前に置きながら思うのであった。

「ところで、タガート……お前か？　お前が小僧を焚きつけたのか？」

「俺は知らないよ。あの後……俺の敵討ちの話はしたけどねぇ……飯も食わず出て行ってからよ、笑って帰って来てなぁ……正味、夢に出る程引いたで」

弟子のユートを変えたのは、タガートかとフェドルは聞いたが、自らの身の上話をしただけで、それであそこまで変わりはしないと答える。酒瓶の栓を抜き、グラスに注ぎつつ、フェドルは弟子のユートの顔を思い出していた。

去り際、質問を二、三話した際にだが、微かに笑みを浮かべていた。その笑みは、ひどく脳裏に焼き付いて離れない。いや、似た様な笑みを己が知っていると、フェドルは酒を煽りながら記憶を掘り返していた。

そして、掘り当てる。あの笑みは正しく「あいつ」に似ていると、この世から去りて尚憎く、未だに自らを蝕む様な形で記憶に巣食う奴の笑みだと、フェドルは舌打ちをした。

「血は……色濃く受け継がれるのだな……」

今宵は吐くまで酔えそうだと、グラスを置いて酒瓶から直接フェドルは酒を飲み始めた。

✕

ふと、目を覚ますと目に入った天井に目を瞬きさせ、少年ユートは起き上がる。豪華な内装のその部屋が、ネムステルの娼館、レインブルの客室の一つと気付くや否や、ユートは思い出した。

「確か……触手の気持ち悪い化け物を倒して、酒で寝たんだっけ？」

どれくらい眠りに落ちていたのか知らないが、レインブルに現れた勇者教僧侶と、その大司教だかが変貌した化け物を爆破して倒して、寝酒を貰って眠りについた事を思い出す。

しかし、懐かしい……というには近く、しかししみじみと思い返すような夢を見たなと、ユートは溜息を吐く。思えばあれが、自分の復讐の始まりで、原点なのだ。あれから自分は、自分が納得し、思うがまま行動をして来た。

その結果は、復讐の対象から背を追われる逃亡生活となっている。しかし、後悔しているかとなれば、していないと自らの心に誓って言える。

復讐は何も生まないだとか、君の行動は迷惑かつ無意味と言われるだろう。それは理解している。君は間違っているとも言われるし、確かに間違った道を進んでいるのは重々と承知している。

そこに、正しさだとか間違いは無いのだ。己が決め、己が模索して己が進んでいる道なのだ。決して、誰にも邪魔などさせないと決めたのだと、鮮明なる過去を映した夢を見て、改めてユートは胸に刻み込んだ。

しかし、あれはまだ山賊を狩る数ヶ月前だったかなと、その日がいつかを忘れていて、思い返していると、部屋のドアが開けられた。

「おや、起きられましたか……なかなか早い目覚めで」

「イズナさん、また……迷惑かけましたね、何日くらい寝てました？」

レインブルのオーナー、イズナは目覚めていたユートに挨拶を交わすとユートはあの鮮明な夢から何日程寝続けていたのかと聞いた。

「いいえ、まだ昨晩から昼になったばかりですが？」

「あぁ、そうなの……長々と鮮明な夢を見てたからさ、凄く長い間寝てたかと」

「余りにも鮮明で長い夢はそんな感覚を覚えますすな」

寝酒を煽り、一日も経過してないと聞きそれはそれで驚くなと、ベッドに寝そべりながらも体を伸ばす。あれだけ鮮明で、夢の中で日数すら分かる程過ごしたのだから、何日も意識が無かったのかと思っていた。

「あれから汗も流してないでしょう？　良ければレインブルの、大風呂を準備しています、汗を流されては？」

するとイズナから、目覚めに風呂など入ってはと誘われる。

「お風呂？　じゃあ、お言葉に甘えていいかなイズナさん」

お風呂と聞いて、ユートは体を起こした。風呂など、それこそ毎日入れるのは貴族くらいであり、平民などはシャワーが当たり前である。ユートもまた、ここしばらくシャワーを浴びる事しか出来なかった為、それは素晴らしい誘いであった。

第二章
新たな国へ

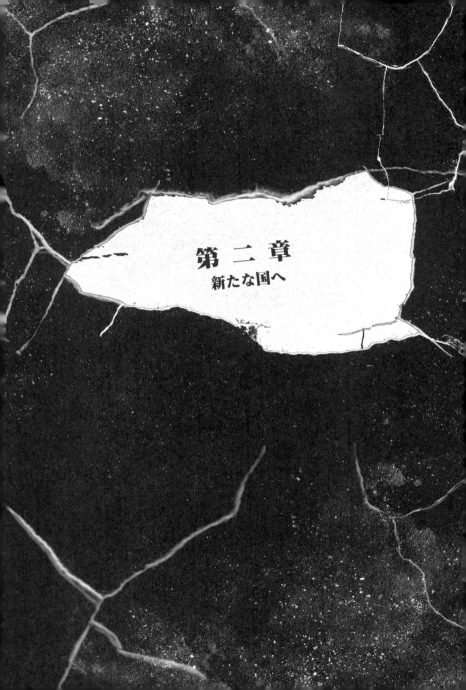

自由と欲望の隠れ里『ネムステル』この隠れ里最大の娼館『レインブル』が襲撃を受けた。それはネムステルで商売をする者達にとって衝撃的な出来事であった。

しかし、当のレインブルでオーナーを任されるイズナは、改修工事を直ぐに依頼し、工事が終わり次第営業を再開する腹づもりでいた。そんなレインブルの、宿泊階にて……。


沸き立つ湯気と曇る室内、十数人は入れそうな大きな浴槽に溜まった湯の中に、ユートは足をつけた。湯加減もちょうど良く、ユートはゆっくりと湯に身体を沈めていく。

ここは、レインブル八階の上級宿泊室の中にある大浴場。工事前の営業中のレインブルでも中々泊まらない部屋のお風呂にユートは浸かっていた。

「はぁ〜、お風呂に入るなんて久々だなぁ……」

身体を包む温かさに、ユートは癒されて息を吐いた。そもそも旅の中ではシャワーしか浴びれず、こうやってちゃんとしたお風呂に入る事は無かった為にこの癒しは格別だった。さらにそれが、身体中を傷だらけにした激戦の後ならなおさらだ。

身体の芯から温まる、まさに言葉通りの感覚にユートの身体から力が抜けていった。

「おうユートぉ……失礼するぜぇ？」

ザブン、と音が鳴る。次いで大浴場にキョウスイが入って来た。頭にタオルを乗せてお風呂に入ると、何かが乗ったお盆を浮かべた。お盆に乗った何かは細長い入れ物と、小さな黒いグラス……とは違うが、それに似た何かだった。

「キョウスイ、それは何？」

「あぁ？　これはぁ、トックリとオチョコって言ってなぁ、ラーナ村ではぁこの中に酒入れてぇ温めてからぁ風呂で飲むんだよぉ……」

そう言ってキョウスイが、湯に浮かべたお盆から細長い容器トックリから、小さな容器オチョコに透明な液体を注ぐ。ユートが知るお酒はビールやワインで、透明な液体のお酒はイズナに飲まされた品しか知らなかった。そう言えば、確かワインを温めて飲む方法は何処かで聞いたような気はしたが、少年は気にしない事にした。

「スピリタス？」

「いいやぁ……ま、なんでもいいだろぉ……あ～～ぁっ！　キクなぁっ!!」

オチョコに汲んだ酒を、キョウスイは一気に煽ると身体中に力が入ったかのように体を強張らせながら声を出した。ユートにはわからないが、余程その酒が美味しいのか、とりあえずは本人が相当喜んでいるので良しとする。

「おおっとシニョールにバンビーノ！　先を越されたかい？」

「その様ですね、湯加減は如何ですかお二人共？」

浴場の扉が開く音が響き、また二人の男が入ってきた。アヴェールとイズナ、二人もまた湯に浸かり野郎共全員が風呂に集う事となった。

「アヴェールさん、怪我はいいの？」

「あぁ、バンビーノの腕を治した医者さんのお陰でね。しかしシニョール、いい男に囲まれるのはお兄さん大歓迎だけど、やっぱり花が必要じゃあないかな？」

アヴェールは、先の闘いで怪我を負い、肋骨を幾《いく》らか折られていた。しかしユートを治したはぐれの医者の腕がいいのか、さほど治癒には時間がかからず、後は激しい運動さえしなければいいらしい。

そんなアヴェール、いい男に囲まれて風呂に集うのは良いがやはり花が必要、つまりいい女と混浴がしたいと冗談か、はたまた本気か分からないが、そう言い出した。アヴェールは実際本気なのだろうと、ユートは少し熱い湯にのぼせ始めたか、何も言わずにただ聞き流した。

「文句があるならぁ出やがれぇ、混浴じゃああるまいしよぉ」

「冗談さシニョール、半分はね？」

本気かはキョウスイには分からない為に、彼はとりあえず聞き流しながら再びトックリに酒を注ぎ煽る。イズナも湯に肩まで浸かりながら天井を向いてあ〜っ、と声を上げた。

「しかし……可笑しなお客様だった。まさか勇者教の大司祭直々に襲撃に来るとは……」

イズナが何気に放った一言、それが他の三人にも耳に入るとそれぞれが真剣な面持ちへと切り替わった。先程湯の気持ち良さに緩ませた顔は何処へ行ったのか、それ程までに三人の表情の切り替わりは早かった。

「こっちはぁ訳の分からん、馬の骨が相手だったがなぁ……オウマとか名乗りやがったがぁ……」

「あぁ、あの固くなった男ね？　シニョールが最後に首をへし折った……」

四人は、それぞれが戦っていた面子について話し始めた。娼館にて待機していたユートとイズナは、ランジェと共に勇者教大司祭マクウェル・ジタンと。キョウスイとアヴェールはルーディと共に、オウマと名乗るチンピラの集団のオウマ・キサラギと対峙し、これに勝利した。

今思い返せば、この正反対の組織が結託して戦っていた事に疑問が湧いてきた。なぜ、行動を共にしたのか一度考える必要があった。

「固くなった……とは？」

「そりゃあ、あのオウマとか言うチンピラのナウぃムス……」

「ゲイ野郎ぉ……空気読みなぁ」

アヴェールがジョークを放とうとした刹那、キョウスイがアヴェールを睨みつけた。これにはアヴェールも場を間違えたと慌てて咳を一つして、再び話し始める。

「ごめん、悪かったよシニョール……いやあいつ……お兄さん達が対峙した相手はね、ゼンジ組を潰すだ、ネムステルを手中にだとか何か訳の分から無い事をベラベラ喋ってたんだよ」

ネムステルを手中にして、ゼンジ組を潰す。それは無理難題ではと、ユートは非現実な言葉にため息を吐き、そしてマクウェルが吐き散らしていた事を話した。

「こっちも、マクウェル大司祭は浄化だ洗練だとか言ってネムステルを潰すとか言ってたね、イズナさん？」

「えぇ、確かに……後はユートさんを殺すとも……」

「共通点はぁ……ネムステルかぁ？　教会のやつらはぁユートや俺達の討伐にぃ、ルーディのアマのいぶり出しだからなぁ、オウマの野郎共はぁそんなネムステルをぶっ潰してからぁ手に入れる……って腹づもりだったかぁ？」

この二つの組織の目的の共通点を挙げるとしたらそれくらいだった。しかし目的がネムステルだとして、この二つの組織がどう結託したか、キョウスイは不思議でならなかった。

「わかんねぇなぁ……誰かが手引きしたかぁ、それともマジで成り行きで結託したかぁ……」

「どっちか聞こうにも、死人に口無し……手遅れですね」

イズナはそう言ってキョウスイの持ってきたトックリを取ると、キョウスイのオチョコへと注ぐ。

一言キョウスイは、悪いなと言うとまた一口酒を煽った。

「して、キョウスイ……固くなったとは？」

「んおっ？　ああ、あれはなぁ……確かぁ奴らの親玉か何か知らんが小瓶に入った黒い液体を瓶ごと噛み砕いて飲んだんだよぉ……」

イズナの問いに、キョウスイは簡潔にその様子を話し出した。

「そしたらぁあいつ身体が鋼みたいになってよぉ、ゲイ野郎ぉのハジキの弾も効かねぇしぶん殴られるし、参ったもんさぁ……」

「でも勝ったんでしょ、キョウスイ」

「まぁな、で……ユートはぁ？」

掻い摘んで教会に現れた敵について話し終えると、キョウスイはユートへと話を振った。

「触手？　これまたお兄さんは大歓迎な単語が出てきたね」

ユートがランジェとイズナ三人で迎え撃ったマクウェルについて話すと、アヴェールが何故か触手という単語に反応したが、気にせずに続けた。初めにユートはイズナと共に下の階に集まった僧兵達を相手に闘い、ランジェ一人がマクウェルと闘っていた。

しばらくして此方に怖気付いた僧兵は撤退。その後、マクウェルが生やした触手でランジェを叩き落とすと三人で闘う事となったが、最後はユートがマクウェルに飲ませた酒を体内で引火させて爆発させるという荒技で倒したのだった。

「しかし、黒い液体の小瓶ですか……もしかして……」

ユートが皆に話す中、ふとイズナがキョウスイの話に出てきた噛み砕いた小瓶を思い出し、湯から上がった。そして一度風呂場から立ち去ると、しばらくしてイズナが右手に小瓶を持って戻って来た。

「もしかして……これですか？　後始末の際に、ダンスフロアに転がってたのですが……」

イズナが右手の小瓶をキョウスイに放り投げてから、再び湯船に浸かる。宙舞う小瓶をキョウスイは見事に捕ると、その小瓶を手の中で回しながらじっくりと観察した。

「まぁ、多分これだぁ……じゃあこの小瓶に入ってた黒い液体を飲んで、奴らはぁ力を出しやがったとぉ……」

小瓶を傍に置いてキョウスイが呟く、しかしキョウスイは若干腑に落ちない部分があった。それは、ユートやイズナに聞いたマクウェルと、自分が闘ったオウマの変化の違いだった。

オウマの肌が鋼のようにになった変化に対し、マクウェルは右手から触手を生やした。もし、同じ薬品を服用したとしてこの変化の差は何なのだろうか。もしくは、違う薬品を飲んだのだろうかと考えればあらゆるな可能性が見えてならない。

ただ、キョウスイが対峙したあのチンピラの鋼鉄の肌には、若干覚えがあった。それはアヴェールを仲間にしたシェイン・キャッスル、あの場所で現れた大巨人だ。あの大巨人も身体を硬くする能力を備えていた。

まさか、シェイン王国がこの訳の分からん液体を作り出して、教会とチンピラの奴らに渡したのだろうかと、キョウスイは考えたが。その時頭に疑問が一つ浮かび上がった。

「ああ、のぼせそうだよ……みんな、僕は先に上がるね？」

しばらく考えていたキョウスイの隣から、ユートがそう言ってお湯から上がった。そしてその場に居た他の野郎は、その目に焼き付ける事になった。

「んだぁ、ユートぉ……もっと浸かれ……なぁあっ!?」

「何、シニョール？　いきなり大きな声を……ワァオッ!?」

「ほほう……これは……」

少年が湯船に仁王立ちになりながら、声を上げた三人を不思議に思うと。気にせずに湯船から上がり更衣室へと向かう。湯気の向こうに消えて更衣室の扉の開閉音が鳴ると、しばらく三人は凍りついた。

「……ありゃあ大蛇かぁ？　なぁ、何なんだよありゃあ……」

「お兄さん、あんなサイズ初めて見たよ……」

「相性のいい女性、見つけるのに難儀になりそうですね？」

それぞれの口から感想を漏らし、野郎共のお湯語りは幕を閉じた。

ユート達が大司祭及び、チンピラと対峙してから三日が経っていた。ルーディは当てがわれた部屋の一室で眠る、ラック王子の寝顔を眺めていた。

捕まっていた際に食事を抜かれていたらしく、衰弱しきっていたラック王子はすっかり痩せていた。しかし三日間ゆっくりと食事と睡眠をとると、顔色は生気を取り戻して調子も良くなっていった。

「よかった、王子……一時はどうなるかと……」

何度その口から出たか分からない安堵の言葉。しかし何度も確認するように言わねば気が済まないとルーディは口に出した。寝息を立てて安らかに眠るラック王子を、まるで慈母のような優しい笑顔でルーディは眺める。

「へぇ、貴方そんな顔ができるのね？　びっくりだわ」

突然掛けられた声にルーディは背中をビクリと震わせて声の方に素早く振り向いた。見るといつの間にか部屋に入っていたランジェが、笑顔を向けている。

「ランジェ殿！　一体いつから!?」

「そんなに驚かないでよ、ついさっきだから」

ランジェは、備え付けのソファに足を組んで座ると、テーブルに小さな箱を置いた。赤い色彩の煌びやかな模様を見る限り化粧箱のようだ。

「どう？　王子様の様子は……」

「お陰様で、回復した……」

「ああん、硬い硬い……さっきの柔らかい笑顔の方が王子様喜ぶわよ」

いつの間にか厳しくなった顔付きにランジェがそう指摘して、近くの水差しからグラスに水を注ぐ。それをルーディに渡すと、ランジェは化粧箱を開けた。

化粧箱の上蓋は鏡になっていて、そこに彼女の綺麗な顔を映した。その中から花の絵が描かれた二枚貝を取り出した。

二枚貝の中にはピンクの口紅が入っており、ランジェはさらに化粧箱から細い筆を取り出すとそれを上唇の左端から中央、右端から中央へと塗っていく。そして下唇も同じ様に丁寧に塗ってから、一度ハンカチで抑えてもう一度塗り始めた。

「丁寧に塗るのだな」

「一度だけだと落ちやすいのよ、貴女も塗る？」

「いや、いい……しかし化粧無しでもそなたは大丈夫のようなのだが……」

「印象変えよ印象変え、案外いい男は気付くわよ？　まぁ、悪い男は気づかないけど」

何気無い会話の後、ランジェは口紅を塗り終えて鏡を確認する。口紅は唇からはみ出る事無く綺麗に塗れていた。化粧箱に口紅と筆を戻すと、少しゴタゴタしている箱の中を見て彼女は化粧箱を整頓し始めた。

「ところで……貴女達これからどうするの？」

ふと、ランジェがルーディに聞いた。ランジェの問いにルーディは窓辺に視線を向けると、ランジェに顔を見せずに沈黙した。

ルーディは、シェイン王国がユート一行討伐に向けて差し向けた刺客だった。元ロマルナ共和国の騎士ルーディは、ラック王子を人質に取られてその命を救う代わりにユート一行討伐の依頼を受けた。列車の上での激闘の末、ユートは辛勝。アヴェールが語ったロマルナの騎士の話に違和感を感じたキョウスイは、ルーディを捕らえる形でこのネムステルに連れて来た。

そして、アヴェールが感づき、キョウスイの話の末にルーディは口を割った。今は亡きロマルナ共和国王子を人質に取られて、その命を救う代わりにその任を呑んだと。

その任を彼女に言い渡したのは、勇者教会。さらに勇者教会は、失敗したルーディを消す為にネムステルのこの娼館に馬鹿げた宣戦布告の書状を槍で投げ入れた。

その結果、勇者教会面々は返り討ちに遭い、ルーディ達は王子を取り戻した。

しかし……取り戻したはいいがランジェが心配したのはその先だった。

「とりあえずは、何処かへ身を隠さねばならないな……」

「当て……あるのかしら？」

それは、彼女達の今後の身の振り方だった。ラック王子は亡国の王子であり、そのまま王国や教会が放っておく訳が無い。もしかしたら彼女達に、再び追っ手や刺客を王国が送り出すやも知れないと、ランジェはそこが心配でならなかった。

「これでも騎士だ。王子は私が守る……が、隠れる当ては無いな……」

「正直ね、案外意地を張るかと思ったけど？」

「本当の事だからな、私は嘘が下手らしいし……」

「確かにね、私も雰囲気で分かるわ」

化粧箱を整頓し終えたランジェは彼女の話に笑みを零す。実直な人間であるからこそ、この様に正直に言うのか、はたまた王子が寝てる今だからこそ、見せられない弱みを吐いたのか、恐らく後者だろうとランジェは納得した。

「この里……王子みたいな上流階級には目に毒かも知れないけど……良ければしばらく二人で此処に居なさい？」

「……宿まで用意して貰っておいて文句は言えない、有難く隠れさせていただく」

ランジェの好意に、ルーディは甘えることにした。それを聞いたランジェはにっこりと笑って、手を軽く振って部屋を出て行く。

「あっ、そうだ……」

しかし、ドアノブに手を掛けた最中、ランジェは何かを思い出したかの様に振り返った。何事かとルーディは振り向いたランジェに目を合わせ、彼女の言葉を待った。

「下世話だけど……シーツはイズナさんに言えば取り替えて貰えるからね」

「シーツ……？　王子は風邪も引いてないし熱も無いが？」

「違うわよ、夜伽よ夜伽」

「よ!?」

彼女の口から出た言葉に、ルーディが顔を一気に赤くした。それを見たランジェは面白いとばかりに、悪戯な笑みを浮かべて話を続けた。

「アヴェールから聞いたけど、貴女と王子教会で抱き合ってたらしいじゃない。王子はまだ若いけど、それ位の歳なら問題ないでしょう?」

「よよよょよ! よとっ、よとと!?」

もし、今やかんを彼女の頭に置いたら人肌でお湯を湧かせられるかもと、ランジェは彼女の慌てぶりに心の内で爆笑しながら、慈悲は無いと彼女にトドメを刺しに掛かる。

「貴女、私みたいに綺麗だし、案外押し倒したら王子は受け入れてくれるわよ。じゃ、頑張ってね~」

最後にそう言ってランジェは逃げる様に部屋を出ると、後ろから倒れ伏す音が聞こえてきた。軽く息を吐いて、彼女は軽やかな足取りで階段へと歩き、ホールへと向かった。

×

娼館レインブルのバルコニーでユート、キョウスイ、アヴェールの三人はそれぞれの荷物の確認をし、イズナがその様子を見守っていた。

「皆様、お忘れ物はございませんか?」

「ランジェが居ねぇ……」

そんな三人にイズナが確認を取ると、キョウスイはパイプを吹かしながらイズナに伝えた。ユートはマールーシャから逃げた際に無くした旅の道具やザックを、新しくネムステルで買い揃えていたのだが、買い忘れた物が無いか念のため確認をしていた。

アヴェールもリボルバーをしまう革のホルスターをベルトに取り付けて、そこに愛銃をしまってから、肩に白い布にくるまれた細長い棒状の何かを掛けて床に座り、ユートは新しく買った機材も確認した。その機材を見たキョウスイが不思議に思いながら、少年の背後から覗き込む。

「それはそうと、ユートぉ、なんだそりゃあ？」

「んっと……簡易調理セット、コッフェルっていうんだけど……旅の途中は保存食に頼りっぱなしだから、たまにはこういうのでしっかりした料理作らないと飽きるから」

床に広げられていたのは小さな黒色のフライパンや鍋、さらにはカップ。それぞれ一人前の食事しか作れない程に小さい。しかしキョウスイは、ユートが見せたそのコッフェルと言う調理器具の良さが一目でわかった。

「お、おお!?　まさか!!」

「便利でしょ？　一つに纏めれるんだよ、これ」

フライパンの取手が外れ、さらに鍋の中に収納されると、その中にカップも入り鍋ふたが閉まる。一纏めにしてコンパクトになった調理器具が、ユートのザックにスルリと消えるとキョウスイが驚いて唸る。

「へぇ〜、最近は屋外調理器具も便利になったんだね？　これならお兄さんも料理が振る舞えるよ」

「へ？」

「はぁ？」

アヴェールの口から出た予想外の言葉に、二人が驚いて素早くアヴェールの方を向いた。いきなり何だとアヴェールも、機敏な二人の動きには驚きながらも、左右に居る二人の目が点となった表情を交互に見てから聞いた。

「どしたのシニョールにバンビーノ？　お兄さん何か変な事言ったかな？」

「あ、アヴェールさんが……料理？」

「おいゲイ野郎ぉ、タチの悪ぃ冗談は止めなぁ？」

ユートとキョウスイの二人は、確かにアヴェールが料理を振る舞うとその口から発せられたのを聞いた。二人にしてみればタチの悪い冗談だろうと思っていた。

しかし、それに感づいたアヴェールが心外だとばかりに声を荒げて早口で二人にまくし立てた。

「あぁっ!?　信用してないな二人共!!　お兄さんはロマルナの人間で、美味しい料理と言えばロマルナだよ!?　幾ら何でもお兄さん怒るよ!?　それに、お兄さんは元々ロマルナのベルネシアでコ……」

「ちょっと、アヴェール貴方どうしたの？」

が、何か重要な事を話す前に、皆の前に準備を終えたランジェが歩いて来た。

やっと現れたランジェが声を掛けた為に、アヴェールは言おうとした事を遮られた。何を言おうとしたかは知らないが、確かアヴェールはロマルナのベルネシアという所で働いていた時、貴族が囲っていた愛人を寝取ったが為にその怒りの琴線《きんせん》に触れた事、さらには貴族の妻に浮気がバレた逆恨みから強姦罪にでっち上げられて牢屋に入れられた事をユートは思い出した。

今思えば浮かばれないほどの災難だなとは思ったが、ユートは他人事だと気にも止めず、ザックに必需品を入れた事を確認すると、ザックを担いでからある事に気付いた。

「あれ？　ランジェさん……雰囲気変わった？」

「うん、口紅を変えたんだけど……分かるの？」

ほんの少しだが、ランジェの雰囲気が変わったように感じたユートに、ランジェに声をかけた。実際少し気付きづらいかとランジェは思ったが、意外にも最初にユートが気づいた事に驚いたと同時に嬉しくなった。

「あ、確かに！　シニョーレの唇や雰囲気が少し柔らかいような！」

「いつも付けてる口紅より。少し色をピンク寄りの物に変えたのよ。似合う？」

「似合うに決まってるさシニョーレ。まさか口紅一つでこんなに変わるなんてお兄さんビックリだよ！」

彼女の中で最初に気付くのはアヴェールかとは思っていたが、アヴェールはユートが気付いてから乗るようにランジェを褒めた。

「……何か変わったのかぁ？」

しかし、パイプを吹かしながら見ていたキョウスイは一体何が変わったのやらと、呆けたような事を抜かしたので、ランジェは皮肉を込めて呟いた。

「……キョウスイは悪い男ね」

「へ？　あぁ？　何がぁ？」

呟いたのを聞いたキョウスイが狼狽えるが、何も言わずにランジェはイズナに歩み寄る。皆が揃った事でイズナも別れはすぐそこかと感じる中、ランジェはルーディ達がここに隠れる事になったことを伝えておく事にした。

「イズナ、ルーディとラック王子の二人はしばらく此方に……」

「えぇ、分かりましたよ……サポートはさせて頂きます」

イズナはそう答えると、キョウスイやランジェ達に会釈して、階段へ向かい工事の仕事へ戻って行った。しばらくその姿を見送っていたランジェがユートに振り返ると、キョウスイもアヴェールもまた、ユートへ視線を向ける。

「さ、ユートちゃん……今から、ロマルナへ向かうのね？」

ランジェが話を始めるとユートは軽く頷いて、ザックのサイドにある細長い地図をしまうスペースから、大きな羊皮紙を取り出して床に広げた。

皆一斉にその地図を見るように屈むと、ユートは勇者の街レインから外れた森の中にある赤いインクで丸を囲んだ場所を指差した。

「マールーシャでアヴェールが出した提案どおり、東の山からアルヴェイシャには行かずに、南下して元ロマルナ共和国に向かう。ネムステルの場所は大体ここ、だから……」

赤いインクでネムステルの場所を示したユートが、指先を地図の上で滑らせていく。指が南西方向の森を突っ切り、レインから伸びた街道を記す場所に突き当たった。

「まずは南西に突っ切り、メルディア街道へ抜ける……街道に出たら道なりに南下して……」

さらに指先が地図を滑り、南下する。そしてある場所でまた止まった。そこには大きな文字で『リルディアの滝』と書かれた大きな滝の図が簡略化され描かれている。

「滝を下る……かぁ……」

キョウスイはこの滝の図を見ながら、パイプの煙をゆっくりと吐き出した。

リルディアの滝――シェイン王国内でも素晴らしい景観で知られた滝であり、三段階に別れた階段のような三つの滝の総称。

一つ目二つ目は緩やかな流れだが、三段回目の滝壺に向かう最後の滝は、豪快な音を立て圧巻の景色を人々に見せる。

「お兄さんも一度見たけど、素晴らしい景色なんだよねここ……って、まさかマジにバンビーノは滝を下る気？」

「まさか？　滝沿いに進んで行ったら川に出る。その川をまた南下したらロマルナに着くから、滝は下らないよ」

どうやらアヴェールはこの滝を見た事があるらしく、しみじみと思い出していたが一転してまさかとばかりにユートに滝を下る気かと聞いた。

しかし、ユートはそれを否定してから滝沿いの道を指差して示した。

そもそも、この滝を下る事自体が無理な事はここに居る誰もが分かっていた。緩やかな流れ方をするとは言え、それは自然の中でも緩やかな流れ方というだけで、人間からしたら激流であり、落ちれば川の早い流れに身体の自由を奪われるだろう。

さらに三段回目の滝は垂直に落下する。これを下るのは自殺したい人間か余程の馬鹿である。滝下りのカヌーが確かにあるにはあるが、それはこの滝でするのは余りにも場違いだった。

「でも、滝を下った先の川からならボートが使えるね」

「そうね、歩くばかりだから最後は楽したいわ……時間はどれくらい掛かるかしら？」

地図を見てみると、森を抜け出すのにそう時間は掛からないが、滝までの道のりは中々開いていた。実際は歩いてみねばわからないが、恐らく一日野宿をしなければならない事はユートにも予測できた。

「今から出発して明日の昼にはリルディアの滝に……滝を迂回してさらに南下して川を下れば……」

「計二日後の朝にはロマルナさ！　お兄さんの故郷の国だから地理は任せなよ！」

アヴェールの言う通り、二日後の朝にはロマルナに到着する予定になる。故郷に帰れる嬉しさからか、笑顔で立ち上がったアヴェールを見たキョウスイが、ガキかテメェはと呟いたが、アヴェールは聞く耳を持たない。

「それじゃあ、さっさと出ましょうか？」

「だね、前日の件で王国の騎士達が近辺を見張ってるかもしれないしね？」

次にランジェが立ち上がり、新しく着替えた深い青色のドレスのスカートを整えて出発を促した。

ランジェの言う通り、自分達に賞金が掛けられている以上は、慎重かつ素早くロマルナに行かねばならないと、ユートはしっかりそれを意識した。

各々がザックを背負い、立ち上がる。そして、先頭をユートが歩き、レインブルの娼館の扉を開けた。

×

勇者の街レイン、勇者大聖堂。

早朝の番と祈りの担当をあてがわれた若い司祭が、なぜか開いていた扉の中を見て腰を抜かした。

勇者大聖堂内部は血と肉と死体の山が築き上げられ、腐敗した死体が異臭を放っていた。死体には蛆が湧きハエが飛び交い、勇者の威厳を示す装飾に集っていた。

シェイン王国騎士団隊長、バルドーはそんな大聖堂で死体処理という何とも不名誉な仕事をさせられていた。

「列車事故の次は惨殺現場、いつになったら私は元の仕事に戻れる？　おい！　早く革袋持って来い！　臭くてかなわん!!」

「はい！　ただいま!!」

騎士団隊長バルドーは少し前に遡るが、ホシミツ山にて勇者に暴行を働いた罪で手配書が出ていた、少年傭兵ユートやその仲間を捉える事に成功した。

しかし、バルドーはその後逃げ出したユートを同僚の作り出した怪物が倒すものと楽観視して、ユートが牢から逃げた事を王に報告せずに自己解決を図った。そうすることで手柄の上乗せといこうとしたのだが、ユート達は怪物を倒して城の牢から脱出。さらに、脱出の際に大砲やマスケットに使う火薬に引火させて城壁を爆破した。

これによりバルドーは手柄の上乗せどころか王から罰として、本来は新米騎士や見張りの兵士達がやるような雑用、雑務をこなすよう命ぜられたのだ。

城の損壊に火薬の新調、はっきり言ってしまえば甚大な被害額をたたき出している。免職や解雇、騎士の位の剥奪どころか自身の断頭台行きにより本当にクビが飛んでもおかしくはなかった。

なら、この雑務こそ王の慈悲だろうとありがたく受け取り、いつかまたちゃんとした騎士の仕事に戻れるようになるまでは、この死体処理やら書類整理をしっかりこなさねばなるまいと、バルドーは勇者教の僧侶の死体を革袋に包み込む。

包み込んだ死体を教会の外に並べていくように部下に指示すると、部下が担いで教会の外に運び出していく。教会の外に並べられた革袋の数は多く、レインの街の住人が野次馬を作るほどだった。

そして、なぜか右腕と首をへし折られた、この教会に似つかわしくない上半身裸の男を革袋に入れた時、兵士の一人が教会の中を走り、死体処理を続けるバルドーに片膝を突き声を上げた。

「バルドー様！　お客様がお目見えになっております!!」

「客？　後にしてくれ！　なんだこの死体、固いし重たいし……」

上半身裸の男は何故か身体が鉄のように固く、革袋に入れるのに一苦労だった。死体処理の中わざわざ客を相手にはしてられないと、名も知らぬ部下に後にしろとバルドーは言い放つ。

「い、いやそれが……」

「二度も言わんぞ？　私は引き下がれと……」

だが、兵士は引き下がらず度々後ろに視線を移している。さっきからなんだとバルドーはその兵士が居る後ろを振り返った。そして、なぜ兵士が挙動不審になっていたかを理解した。

そこに立つは、腕を組みこちらを見下ろす銀色のライトアーマーを纏った金髪の青年。青年は腰を下ろし死体を処理するこちらをじぃっと見ていた。

「僕の出迎えより、死体処理が先か？　バルドー騎士団長？」

勇者レン・ガーランドが、兵士を押しのけて騎士隊長バルドーの前に立つと、ふんぞりかえりながら見下ろしていた。

✕

「ゆ、勇者様!?　なぜこのような場所に!?」

余りにも予想の範疇を越えた来客に、騎士隊長バルドーは驚いた猫のように飛び上がり、すぐさま左膝を地につき頭を下げた。それを見下ろした勇者は、不機嫌とばかりに眉間にシワを寄せた表情を見せてバルドーに言った。

「バルドー、僕がなぜ……わざわざ来たのかも分からないのか？」

バルドーの顔に冷や汗が流れる。分かる訳がなかった。今、勇者は魔王討伐の為に洗礼を受ける旅をしている筈だとバルドーは思っていたからだ。勇者は火の精霊の洗礼を受けに、アルヴェイシャの火の神殿に向かっているはずであり、シェイン王国内にはその洗礼を受ける神殿が無ぃ。

本来の目的から外れた場所まで来た理由など分かるわけもなく、証拠も無ぃのに殺人犯を探せと言われたような感覚をバルドーは感じた。

「わ、分かりません……なぜこちらへ？」

だが、ここで下手に当てずっぽうな事を言って、間違ってしまえば後になにが待っているか分からんと、バルドーは正直に答えた。

「ふんっ、勇者の意を汲まないなんて、王はとんだ無能を騎士団長に任命したな」

そんなバルドーに浴びせられたのは、とても辛辣な言葉だった。こんな若造に無能と言われたバルドーの表情が歪む。本来なら一つや二つ言い返してやるのだが、彼は勇者であり世界の希望であり、シェイン王国の象徴。

「……申し訳ありません」

故に頭を下げて謝るしかなかった。勇者の年齢十六、そんな餓鬼に騎士隊長バルドーは頭を下げて言い掛かりに等しい非礼を詫びた。

「まぁいい、教えてやる」

勇者は振り返りバルドーに背を向けてから、丸められた羊皮紙を後ろ手にバルドーに見せる。取れという事だろうかと、バルドーは勇者の手の中にある羊皮紙を受け取ると開いて見てみる。

そこに書かれた内容を見てバルドーはすべてを理解した。そこにはバルドーが一度は捕まえ、そして取り逃がした傭兵ユートが描かれ、さらに下には懸賞金である金貨二千万枚という数字が書かれていた。

「何処その誰かのせいで、この薄汚い傭兵は未だにのうのうと生きながらえているらしいな、バルドー？」

「面目次第もございません」

嫌味ったらしい言葉が勇者から吐かれるが、これに関しては全面的にこちらが悪いのは百も承知なので何も言わない。

表情こそ背を見せて見えないが、勇者の身体からは確かな憎悪と怨嗟が滲み出しているのが分かった。


レン・ガーランドは、その脈々と繋がる勇者の血を引き継いだ由緒正しい勇者の子孫である。今は昔、魔王が人間の世界を支配せんとした時にその魔王を打ち滅ぼした英雄の末裔だ。

魔王復活と聞いたシェイン王国の王は、すぐさまレンを勇者として任命する。そして、旅立ちの日に大々的に敢行されたパレード、そこで事件は起こった。

シェイン王国は、勇者に対するあらゆる邪魔や不義の言動。さらには悪口ですらも許さず、何か一つ当てはまるような事をすれば牢に入れる法律がある。勇者の旅を潤滑に進める為の法律ではあるが、パレードにてある小さな子供が勇者の行脚する大通りに外れて出てしまった。

勇者はこれを許さず、まだ幼きその子供を蹴り倒し、そして異端者としてでっち上げたのだ。何を馬鹿なと思うだろうが、子供が間違えてやった行為にですらその法律が当てはまるのだ。

勇者が無礼だとその子供を斬り捨てようとしたその時、彼の前にその一人の少年が現れた。それがこの手配書の賞金首、小さな傭兵ユートである。

ユートは少年を庇っただけではなく逃がし、勇者をハリボテ呼ばわりにした。無論、パレードを見ていた観衆はこの傭兵を殺せと、勇者に歓声を、傭兵に罵声を送った。旅の始まりは異端者の血祭り、勇者の勝利に始まると勇者自身も観衆も、誰もがそう思っていた。

しかし、その少年は集まった民衆に、そして勇者自身の身体に現実を刻み付けてやったのだ。小さな傭兵ユートは、圧倒的な力でもって観衆の面前で勇者レンを叩き伏せたのだ。それも、顔面の骨や肋骨を粉砕し、さらには腕の骨をもへし折った。

整備された綺麗な石畳に血を撒き散らし、倒れた勇者に馬乗りになり、その顔面に無慈悲に拳を叩き込む姿に民衆は怯え、そして怒った。

だから、勇者レンにとってこの傭兵はただならぬ怨みを持つ敵であり、復讐の的であり、因縁の相手であるのだ。


勇者レンが洗礼を受ける旅を一度切り上げ、わざわざシェイン王国に戻って来た理由。それは脱獄した傭兵ユートをその手で討ち果たす事だとバルドーは察した。

「奴は！　あの薄汚い傭兵は!!　勇者である僕の名誉を傷つけただけでは無く、シェイン王国の人間に絶望を与えたのだ!!　そのような蛆虫《うじむし》に劣る下劣な人間を生かしたままにするわけにはいかない!!」

身体を震わせて怒る勇者に、バルドーは溜息を吐きそうになったが、なんとか堪えてみせた。正直言ってしまえばこの勇者は自分勝手な何も分かっちゃいないガキでしかない。しかし、その法律が敷かれている以上はいくらこちらが助言なりなんなりしようとも聞く耳を持たないだろうし、下手したら口答えとして捉えられて、異端者扱いにでもなるのだろうなと。

だが、耐えねばならなかった。遥か昔から語られる伝説によれば、魔王を討ち果たすのは勇者の血を引き継ぐ人間だけ。どんなガキであろうと自分勝手であろうと勇者は勇者、こちらが頭を下げて着いていかねばならないと溜息を我慢した。

「勇者様！　奴らはまだ近くに潜伏しているらしいですよ!!」

ユートへの怨嗟を叫ぶ勇者に、今度は三角帽子を被った幼く見える魔法使いが教会に走って入って来てそう伝える。それを聞いた勇者はピクリと身体を震わせた。

「よくやったメルディ！　ならばすぐに竜に乗るぞ!!　奴を、逆賊ユートを討つ為に!!」

「はい！　参りましょう、勇者様!!」

笑顔で勇者に応えた魔法使いが、その血に染まり黒くなった教会のカーペットから足を退けた。そして勇者レンはその上を悠々と歩いて教会の出口へと向かう。メルディと呼ばれた勇者の従者であろう魔法使いの先を行き、その背を追うように魔法使いがついて行く。

だが、勇者が教会の扉の前で止まると、後に続いていたメルディがぶつかり尻餅をついたが、レンは気にせずにバルドーの方へ振り向き言った。

「何をしているバルドー、お前も来い」

「えっ⁉　いやしかし私は……」

　突然付いて来いと言い出した勇者に、バルドーは驚いた。しかし自分は死体処理の雑務をこなしている為、いきなり持ち場を離れる訳にもいかない。部下達も、祈りを捧げに来た僧侶や野次馬達を帰らせたりする仕事に必死だ。

「バルドー、僕は、来いと言ったんだ……分かるな？」

「……承知しました」

　どうやら有無を言わせる気は無いらしい。バルドーは何やら奇怪な身体の固く重い死体が入った革袋を足元に放り出し、再び片膝を付き頭を下げた。それを見た勇者は尻餅をつき倒れたメルディに手も貸さず足早に教会から出て行った。

✕

　夕方、西の山に顔を隠し始めた日が、赤く眩い光を放ちながら雲と空をオレンジ色に染め上げる。

　ユート一行はネムステルがある森から抜け出してメルディア街道に出ると、この時間まで街道通りに南下して滝を目指していた。

　しかし、夕方となれば流石に歩くのを止め、疲労を回復せねばと、ユートがこの街道で野宿をする事を決めると、皆荷物を下ろしてそれぞれが割り振られた仕事を始めていた。

　キョウスイはこの街道にも伸びた滝に向かう川から水を汲みに、ランジェとアヴェールはユートが買った新しい小型携帯調理器具、コッフェルを使い食事の準備をしていた。

そして今回はユートが休み、である。ユート一行は一日毎にローテーションを組んでおり毎回誰かが休憩、ついでに何かアクシデントが起こった場合は皆に通達する為の見張りをつけていた。

近場にさも座る為に用意されたかのような岩に腰を下ろして、ユートは辺りを見回した。特に異常も無ければ敵の気配も無く、安心して食事が摂れそうだった。

「シニョーレ、野菜切ってくれる？」

「分かったわ……アヴェール、今日は何作るの？」

「トマトシチューさ、赤ワインがあれば赤ワイン煮と洒落込みたいけど、ガバガバ無駄遣いするわけにはいかないからね？」

「へぇ、トマトシチュー？　アヴェールってトマトが好きなの？」

「ロマルナ人は誰でもトマト好きさ、あの騎士さんも大好きだよ。まずは鳥肉〜、そして牛脂じゃなくてお兄さんはオリーブオイル〜」

ランジェが野菜を一口大に切り、アヴェールはコッフェルの鍋を焚き火の周りに立てた三本の柱の頂点に吊るすと、そこに小瓶に入った綺麗なクリアイエローのオリーブオイルを垂らし、鳥肉を放り込む。そして塩を振りかけ細かく砕いた胡椒の実を手際良く入れていく。

塩胡椒で味付けされ、オリーブオイルで焼かれていくチキンから香ばしい匂いが漂い、見張りのユートの鼻まで香って来た。そしてそんな匂いが漂えば自ずと鼻はその匂いを取り込み……。

ぎゅるるるる〜

「……すぐ出来るから待ってなよバンビーノ？」

空きっ腹が盛大に鳴るのは当たり前だった、余りに大きな音にユート自身赤面して鼻を擦り、アヴェールがニヤニヤ笑いながらすぐに出来ると伝えると、ランジェが笑いを堪えた。

しばらくして、キョウスイが近場の川から水を汲み上げて帰ってくると、なにやら賑やかな様子に首を傾げるのだった。


陽は暮れ、薄暗い闇の中にある光源は焚き火の灯りだけ。小さいながらもパチパチと火の粉を散らして中々な火力で燃える焚き火の上には、グツグツとトマト色の液体がいい匂いを漂わせ、湯気がその料理の暖かさを教える。

アヴェールがそれを大きな木のスプーンですくい上げて器に入れ、その鍋を囲む四人に一つずつ回して渡していく。

「ほいシニョール、水汲みご苦労さん」

「んだよゲイ野郎ぉ、リズム付けんな気持ち悪ぃ……」

少し調子を付けた風のねぎらいの言葉に、キョウスイは焚き火を前にして背中をゾクリと震わせた。

これはさっさとこのシチューを食って内側から身体を温めねばと、スプーンでシチューを掬って口に入れる。

「キョウスイ、挨拶無しに食べたら駄目よ？」

「あのなぁランジェ、このゲイ野郎にねぎらいの言葉を掛けられたら、なんか背中を狙われた感じがってなんじゃあこりゃあ!?」

「おわっと!?」

シチューを食べながらランジェに文句を言おうとしたキョウスイから出たのは絶叫。そのせいでユートは自分のシチューをこぼしそうになるが、なんとか持ちこたえた。キョウスイの正面に居たランジェも、文句の途中に豹変したように叫んだキョウスイにぽかんと呆気にとられてしまった。

「これがトマトシチュー!? そこらの店で出してる物より旨い!!」

食べる前の挨拶もせずに含んだ一口。それがキョウスイを更に勢いづかせる。二口三口、ガツガツと口に運ぶ姿はまるで子供のようだった。

「んふふっ、さすがお兄さん、ほらほらシニョーレにバンビーノ! 冷めない内に食べなよ、お兄さん特製のトマトシチュー! 冷めたら味が台無しさ!!」

ニヤニヤと自分が作ったシチューを上出来と褒めると、まだ食べてないユートとランジェに食べるようアヴェールが促した。レインブルでキョウスイと共に、アヴェールが料理を振る舞うとは思えなかったユートは、キョウスイの変わりようから目の前で湯気を立たせるトマトシチューが相当な物だと知り、自身のスプーンをゆっくりシチューに沈めた。

トロトロのシチューがスプーンに掬われ、さらにチキンや人参、じゃがいもも乗っかった大きなスプーンの端から器にシチューが滴り落ちる。そのスプーンをユートはゆっくり口に含んだ。

確かなトマトの酸味が舌に伝わり、それでいてクリームシチューのような濃厚な味が押し寄せる。

噛めばホクホクのじゃがいもと甘い人参が口の中で踊った。最後に、塩胡椒で下味を付けた柔らかいチキンを噛むと、柔らかい歯ざわりと共にほろりと解れた。

「……美味しい!!」

「おおっ!? バンビーノにも好感触!!」

反射的にユートが言った言葉がそれだった。キョウスイがガツガツと食べるのも頷ける。ユートもまたキョウスイ程行儀悪くではないが、次よ次よと口にシチューを運んでいった。

「すごいわねアヴェール、使った調味料は塩胡椒だけなのにこんなに美味しいなんて……」

「いやはは、本当なら赤ワインで煮込んだりソースやベースを作ったらさらに美味しく作れるんだけどね」

ランジェも一口食べてから、そんな感想を口から出していた。アヴェールが作ったシチューは、ランジェも具材を切って手伝ってはいたが塩胡椒しか調味料は無く、具材もトマト、じゃがいも、人参、鳥肉にランジェが嗜好品で買った安い赤ワインを少量と、シンプルな具材だけだった。

本来シチューを作る際にはベースとしてコンソメスープや、デミグラスソースを作る所から始まり中々に手間が掛かるのだ。だが、アヴェールが言った『赤ワイン煮』――この料理こそ、そんなベース無しで美味しく作れる料理なのだ。

ただこの赤ワイン煮という料理はワインボトル丸々一本、鍋いっぱい分をふんだんに使う為に贅沢になってしまう。しかし、アヴェールは贅沢に具材を消費せず、素材の味を生かしてここまで作り上げてみせたのだ。

「凄いなぁアヴェールさん……何でこんな少量の具材でここまで料理が美味しくなるの？」

「ん？　知りたい？　お兄さんが何で料理が上手いか知りたいかい？」

「勿体ぶらずに教えろぉ、ゲイ野郎ぉ」

焦らすアヴェールにキョウスイが無遠慮に口を挟んだ。シチューを口に運び咀嚼しながら聞いたキョウスイに行儀悪いわよと、ランジェがたしなめるように呟くが、アヴェールは気にしないとばかりににっこり笑いながら、傍に置いてあった余ったトマトを手に取って見せた。

「簡単さ、それはお兄さんがロマルナ人でコックだからだよ？」


アヴェールがなぜ料理が上手なのか、それは簡単だった。アヴェールが自らコックだと語ったからだ。これ程の料理が作れるならそれが本当だという事が信じられる。しかし、ユートには気になってしまった言葉がアヴェールの言葉の中にあったのだ。

「ロマルナ人とコックが、何か関係あるの？」

『ロマルナ人』。普通ならお兄さんがコックだからで済む話だったが、アヴェールはわざわざ、ロマルナ人という人種を付け加えたのだ。その人種とコック、はたまた料理が何か関係があるのだろうかと気になってしまった。

「バンビーノ、関係あるさ……いや、ロマルナ人と関係あるのはこっちだけどね」

アヴェールは、関係あると言う。が、ロマルナ人と関係あるのはこっちだと、手に掴んだトマトをユートに見せた。

「トマト？　トマトと、ロマルナ人とコックがどう関係あるの、アヴェールさん？」

トマトを見たユートが再び疑問を持つ。トマトとコック、そしてロマルナ人。トマトとコックは繋がるが、なぜロマルナ人と関係があるのか、ユートにはさっぱり分からなかった。しかし一行の中で一人だけ、アヴェールの言った事が分かった人間が居た。

「トマトを初めて使ったコックはロマルナ人だっけ……、ロマルナ人はトマトと一緒に歩んできたってこと？」

「正解さシニョーレ・ランジェ、つまりそういう事さ」

それはランジェだった。正解したランジェにアヴェールがトマトを投げ渡すとランジェがそのトマトを受け取る。そして、アヴェールは煌々と照らす焚き火の火を眺めながら、独り言のように話し出す。

「シニョーレの言う通り、ロマルナ人、そしてロマルナ料理はトマトと共に歩んできたのさ。だからはっきり言えば味付け添え物は余り関係ない。トマトシチューはそれを上手く扱えるかで決まる」

ランジェに渡したトマトを指差してアヴェールが言う。それとはまさしくトマトの事だった。

「トマトを扱わせたら、例え他の国の一流シェフでもロマルナのシェフには敵わない！　なぜなら歴史が、伝えられた魂が皆にあるからね」

魂、それ程までにトマトがロマルナと、アヴェール達ロマルナ人と密接な関係だと知り、他の三人は驚いた。さらにアヴェールがここまで熱く語る事にユートは二人より驚きが強かった。

「ま……全部奪われちゃったんだけどね、シェイン王国にさ……」

しかし一転、アヴェールは辛気臭い顔になりながら俯いた。先程まであんなにいい笑顔を見せていたアヴェールの表情に一瞬の内に陰りが生まれ、悲しそうに焚き火を見つめていた。

今から向かうロマルナという国は、現在は国では無かった。シェイン王国との戦争に負けたロマルナはシェイン王国の領土となり、シェイン王国領ロマルナという名前になっている。つまりは、占領されているのだ。

「皮肉なもんさ、魂だとかなんとかのたまったけど結局はもう無くなっちゃってるんだよ……」

じっと焚き火の火を見つめながらアヴェールは辛そうに呟く。火に照らされ赤く染まった部分と闇夜に黒く染まった黒のコントラストが、まるでアヴェール自身を映し出しているかのように見えた。陽気でいつもヘラヘラとした部分、そして今垣間見せた哀しみや呆れを内に抱えた部分を。

「アヴェールさん……」

「さっ！　辛気臭くなっちゃったね？　さっさと食べちゃおう」

ユートは名を呼んだが、アヴェールは取り繕うと自らシチューを頬張る。一瞬で消えたアヴェールの悲しい顔はいつもの陽気な笑顔になっていて、ユートの声は届かなかった。

ただユートは、胸の内に出来てしまった靄を消したくて、アヴェール特製シチューを一気に平らげた。

「寝れない」

深夜、草木の風に揺れる音や消えかかった焚き火の弱い音が聞こえる。皆が簡単な毛皮の毛布に包まり寝静まる中、ユート一人だけは寝付けずにいた。

というのも、食事の際に聞いたアヴェールの話が気になったのだ。キョウスイやランジェは何も変わらずに寝ており、原因のアヴェールすら呑気に寝息を立てている。

「アヴェールさんのせいだ、あんな暗い話したら気になるよ……」

ユートはアヴェールの話を聞いて、自分と境遇が似ていると感じていた。というよりも、以前に戦った刺客の女騎士ルーディもだが。

ユートは両親を『異端狩り』で奪われた。今でこそ夢は見ていないが、キョウスイ達と出会う前、修行時代や一人で旅をしていた時は毎晩毎晩うなされた。

アヴェールやルーディも、そんな夢を見るのだろうか。ルーディは国を守れなかった自責の念があったりしてうなされるのではと考えてしまって頭の靄が酷く、寝ようにも寝れないのだ。

「少し、身体を動かそうかな？」

毛皮の毛布を剥がして、ユートは傍に置いた名も無い粗野な愛刀を取り立ち上がる。そして自分のザックにぶら下げている、夜行や洞窟探索に使うカンテラを取り出した。カンテラのロウソクにユートは焚き火から火を移して明かりを灯すと、近くのキョウスイが水を汲みに行った川のある林へ向かった。


川に映る三日月が一人の少年を照らす。地図にも描かれた滝に向かう川はまだ浅く、流れも緩やかだった。ユートは靴を脱いで素足になると、その川へと入っていく。イズナが用意した新しいコートを脱ぎ捨てると、袖の無いノースリーブのインナーに着替えた。

キラキラと月光を反射して輝く水面の中、ユートは左手に携えた愛刀の柄に手を置いた。そして、水中とは思えぬ足取りで水を掻き分けて前に踏み込み抜刀した。

「久々にやってみたけど、やっぱり慣れないなぁこれ……」

ユートが始めた、この動きは足取りの悪い場所で正確で素早い足運びを練習する、修行時代に師に教えられた鍛錬法だった。川の水が抵抗を生み出し、さらに川底の砂利や石がユートの踏み込む力を失わせる。

最初は流れの緩やかな川ですら何度も倒れ、足を挫いて身体を濡らしたのを思い出す。

「手首、からの返して顔」

一人呟いて、ユートは唐竹に振り下ろした刀を手首を捻って刃を反対に上向きに返して同じ軌道をなぞる様に斬りあげる。足は激しい飛沫をあげることなく、すうっと水を切る様な綺麗な足捌きだった。手首を斬り落として攻撃を封じてから顔を搔っ切るという基本の動きもまた、師匠譲りの太刀筋だった。

「師匠、元気かなぁ……」

夢の中で何度か見た昔の師匠に、ユートは想いを馳せた。どこに居るか分からないが、何処かで自分の噂を聞いてるのだろうか。勇者を殴った大罪に驚くだろうかと、師匠ならどういった反応を見せるか考える。

「師匠は何も言わないか」

考えては見たが、やはり分からない。気にするのはやめてしばらく身体を動かしていれば、心地よい疲労が身体にのし掛かって来た。これならばぐっすり寝られそうだと、ユートは川から上がって、コートを着込んだ。

ふと、その時だったのだ。自身が腰に携えるザックとは別の、小物をいれるサイドバックから古い本が飛び出していた。

「あれ？　確かこれは……」

はみ出した古い本をサイドバックから取り出し、ユートはそれを見つめた。そこには『魔剣士物語』と掠れた字で書かれていた。それは、ユートが城から脱出した際にシェイン王国の王子、ライン・S・バルシュタインから貰った小説だった。

そういえば、貰ってから一度も読んでなかったなと少しホコリを被ったままの本の表紙を叩いてホコリを落としてその本を凝視した。ユートは、この本を受け取る際にライン王子が言っていた言葉を、断片的だが思い出していた。

王子は言っていた。「今必要なのは勇者よりも魔剣士」だと。確かそんな風な事を言っていた様な気がしたが、それが確かだったか思い出せなかった。だが、そんな断片を思い出した事で、ユートはさらに疑問を増やす事になったのだ。その疑問は……。

「勇者伝説発祥の地の王子が、勇者よりも欲した魔剣士とはどんな奴なんだ？」

ユートの口が紡ぎ出したその疑問の答えがここに、間近にある。知りたいと思うのが人間の性である。そして、分からない事をそのままにする気の無いユートの知識欲と好奇心が、その本を開かせた。

ゆっくりと読み進めていくユート。月明かりとカンテラで本を照らして読む中、何となくではあるが、この本の内容を理解していった。

まずこれは伝記のような古い文章と、古い言葉で書かれた作品だと分かった。最初は何ともない、主人公である勇者の伝説から始まる。主人公の勇者は王様から命令を受けて、魔界に居る魔王討伐の為に仲間達と共に進軍する。

さらに、今の時代に伝わる勇者伝説通りに四つの精霊の祝福を受け、その身体に力を蓄えて進むのだ。本来ならここで魔王を倒して幸せになりましたで終わりなのだが、全く違っていた。

十章から成るこの作品の、第一章の最後にそいつは現れた。魔剣士は魔界に入る為の門の前で勇者達の前に現れ、勇者達に進むのを止め引き返せと言う。魔王は人間の世界を侵略する気は無いと言いながら。

だが、魔王の手先の言葉を誰が信じるかと、勇者は刃を向けて立ち向かう。そして、なんと……勇者一行は返り討ちに遭ったのだ。

第一章はここで終わっている。第二章、三章とまだ先はあるが、三章のタイトルに至っては『寝取られた勇者』と書かれている。

「今の勇者伝説に真っ向から喧嘩売ってるなこれ……」

苦笑いを浮かべてユートは本を閉じる。ライン王子は刺激が欲しいからこんな本を読んだのかと感じたが、しかし魔剣士が何者なのかユートは掴めた。

魔剣士の姿は黒炭のような髪に、血のような瞳。背丈や身体は大きくて逞しく、そして闇の衣を纏って片刃の剣を携えていた。その力は絶大で、人の希望である勇者達を赤子の手をひねるようにあしらい、完膚《かんぷ》なきまでに叩きふせたのだ。

作り話ではあるが中々痛快だった。もしそんな奴が居たなら世界は滅茶苦茶にされているやもしれない。またしばらくして読んでみたら案外楽しめるかもなと、ユートはサイドバックに本をしまった。

気が付けば焚き火の火は消え、辺りは月明かりのみになりとても暗くなっている。

ユートは元々寝るために包まっていた毛皮の毛布を掴み羽織ると、地面に敷いた方の毛皮に寝転がった。

そして、今までの事を思い出した。

一人で依頼を受けてなんとか達成した事。

夜食の恩に報いる為にラーナ村に戻り、キョウスイと共に王国の騎士と戦った事。

子供を蹴飛ばした勇者を、許せないと立ち向かい叩きのめした事。

「あの子はどうしているのか？」

助けた子はどうなったか分からない。だが勇者レンを思い出したユートの顔が歪む。人を人と思わぬ傲慢《ごうまん》さ、権力の上に胡座《あぐら》をかいて自分を快く思わぬ者を異端者としてでっち上げる自分勝手な輩。二度、ユートはその勇者と対峙して叩きのめしたのだ。そして、あわよくば勇者を殺してやろうとも思った。自分の両親を奪った王国がシンボルとして掲げる勇者。あんな奴の為に自分の両親が奪われたのなら、両親が浮かばれない。

そして何より、自分が納得できない。

「勇者レン……もし、また会ったなら……」

傍らにいつでも抜けるように刀を置いて、心中でユートははっきりと呟いた。

次に会ったその時は、地獄よりもきつい責め苦を味わわせた後に、必ずお前を斬り伏せてくれる。

×

明朝、一羽の鳥が空を舞う。まだ朝日が東の山に隠れる中で、鳥は自らの真上に巨大な影を見た。逞しく、自分より大きな翼を羽ばたかせ、強き咆哮を上げる影。

しかも、影は一つだけでは無かった。二つ三つ、いや幾つもの大きな影が鳥より高く、真上を飛び交っていた。それは翼竜ワイバーンだった。シェイン王国最強とも呼ばれるワイバーン部隊が、まだ明けぬ空を飛んでいたのだった。

勇者レンは翼竜の背中に付けられた鞍に跨り、風をその身体に感じていた。

「見つからない、奴は何処にいる？」

上空から真下に広がる街道に目を凝らして、勇者レンは因縁の相手であるユートを探す。その後ろには、鉢金を巻いた格闘家のリッドと三角帽子を被った魔法使いメルディが着いて翼竜を駆る。

そして最後尾には勇者の幼馴染である僧侶ユキナ・ペンドルト。上から見れば菱形の陣形を取り、同じ様にユート一行を血眼になって探す。

本来なら、こんな場所で油を売ってる暇はない。格闘家リッドは少し憂いた表情を見せてそう思いながらも、勇者レンのワイバーンを追う。

「ちょっとリッド？　アンタどうしたのよ？」

少し離れた横側で、同じ様に勇者を追う魔法使いメルディの声がして、リッドははっと我に返った。

「いや、何でもない……」

「変な奴……まぁ、馬鹿のアンタが何考えても理解はできないんじゃない？」

「かもしれないな……」

「そうそう、だからそんな似合わない辛気臭い顔は止めなさ……へっ？」

普段なら言い返すであろうリッドが、メルディの悪口を言い返す事をしなかった。ここから口論になるはずのきっかけが無くなりメルディは困惑した。本当に、何か悪いものでも食べたのだろうかと感じてしまった。

リッドの考え事、それは今の勇者についてだ。勇者レンは、今は賞金首となった小さな傭兵ユートに叩きのめされたことを目の仇にしている。それは分かる。自分もあそこまでやられて黙っている気はないしリベンジしたい気持ちもしっかりと分かっている。

だが、その気持ちが強過ぎるが為にわざわざこの場所に戻って来た事が、リッドを不満にさせた。アルヴェイシャの火の神殿で『火の精霊イフリート』の洗礼を受けた。そして次はさらに東の海の先にある孤島『バーリア島』にて『水の精霊ウンディーネ』の洗礼を受ける予定を、勇者の幼馴染である僧侶ユキナが立てた。

しかし、手配書を見たレンは洗礼を受けずに後に回し、このシェイン王国にまだ居るであろう怨敵《おんてき》、ユートを討ち取らんと戻って来たのだ。

それがリッドにとっては理解が出来なかった。レンは勇者である。勇者は伝説の通りに人間の世界を加護する精霊から洗礼を受け、その洗礼を受けた力により魔王を討つ。しかし、今の勇者レンは本来の目的を後回しにしたのだ。

リッドは道中に会った時にまた勝てば良いと考え、魔王討伐の任が終わってから個人的に果たし合いをすればいいと考えた。任を忘れてまで私情で仲間を連れまわす勇者にリッドは溜息を吐きそうになった。

しかし、それが出来ないのが勇者レンの仲間リッドであり勇者の従者である。勇者レンの前でその呆れの溜息を吐けば、自身が異端者にされるのは明白。だから勇者の言う事にも、やる事にも文句は言えなかった。

「確かにわかる、悔しいのは……だが、レンは魔王を退治して世界を平和にする事より、あいつを倒すことの方が大切なのか？」

リッドは小さな声で呟く。ワイバーンの飛ぶ風を切る音に紛れて聞こえない様に小さく小さく呟いた。

「俺は、このまま勇者と旅をしていいのだろうか？」

最大の疑問を口にして、リッドはただ翼を広げるワイバーンの手綱を掴む手に力を入れた。


勇者一行がワイバーンで空を舞うその頃、ユート一行もまたその二本の足で街道を歩き、滝を目指していた。一番前を歩くユートの左横に、キョウスイがキセルを咥え、周りに視線を向けながらユートのペースに合わせ歩く。

その後ろにはランジェが歩きながら背伸びをしてリラックスしていると、アヴェールがランジェがリラックスした瞬間に、服の中で揺れた胸に視線を移す。

「あ～、平和ね本当に……」

「そう？　今お兄さんの目の前には大地震が起きてるけど？」

「アヴェール、見ても何もないわよ？」

大人の余裕か、はたまたいちいち見るなと言うのが面倒なのかは知らないがランジェはアヴェールにそう言った。

「シニョーレ、男はその素晴らしい宝の揺れを拝み、あわよくば暴《あば》く為に生まれて来たのさ」

しかしアヴェールも謝りはせず、逆に自らの顎に手を当ててランジェの胸を美術品鑑賞をするかのように見ながら言った。何を言ってんだかとユートは思ったが、キョウスイは何故かキセルを咥えるのを止め、地面に火種を落として踏みつけて消した。

「あら、アヴェールは巨乳派？」

おおよそそれは、男同士で語り合う話題では無いかとは思うが、ランジェはあっけらかんとそうアヴェールに尋ねる。聞けば勿論アヴェールから返答があった。

「巨乳もちっこいのも、雄っぱいも大好物だよ？　シニョールは？」

アヴェールは即答してやると、次はキョウスイにと話を振った。ユートはキョウスイが、いちいち盛ってんなゲイ野郎、とあしらうだろうと思ったが、次の瞬間ユートは衝撃を受ける事となった。

「まぁ……何だぁ、手に納まるくらいかぁ？　丁度ぉランジェくらいかぁ……」

「へっ⁉」

キョウスイはあしらうどころか、アヴェールの質問にそう返したのだ。ユートは驚き、昨日皆より遅く寝た為にあった眠気が一気に吹き飛んだ。

「あら、嬉しいわね……そう言われるのは」

「ヒュー、なんだよ、シニョールも好きだね!!」

ランジェは微笑み、アヴェールは口笛を吹いてキョウスイの背中まで近づくとキョウスイの横腹を肘で小突いた。そしてアヴェールはそのまま視線をユートに移してユートの右横まで移動し、ユートの右肩を叩いた。

「でさ、バンビーノの好みのサイズは？」

「な、何が？　サイズって何？」

「ユートぉ、すっとぼけるのはぁ……いけねぇなぁ？」

そして、キョウスイがユートの左肩をがっしりと掴んで逃がすまいという態度を見せた。まさかとは思うがとユートはキョウスイの顔を見る為に右上を見上げる。

見れば、なんとまあ素晴らしい笑顔だろうか。言うまで逃がしはしないと表情で分かる。アヴェールもまた、反対側でにやけ面をつくっているのだろう。ユートはランジェに助けを求めようと後ろを見たが、ランジェは怪しい笑みを浮かべていた。ユートは囲まれてしまった。

「でぇ、ユートは巨乳派かぁ？」

「いやいやシニョール、バンビーノは案外貧乳派かもよ？」

「聞いて見れば分かるわよ、ユートちゃん、好きな胸の大きさは？」

皆が立ち止まり、ユートに聞いた。話すまで進まないという雰囲気にユートは気圧されながらも赤面する。言わねばならないが果たして自分はどうなのか分からない事に言葉が出なかった。

「な、なんで聞くの？　今は関係ないよね、そうだろキョウスイ？」

「いいやぁ、俺はぁ知りてぇなぁ？　ユートの好みはよぉ？　おらっ、どうなんだぁ？」

キョウスイに何故聞くのかと聞き、同意を求めたが得られない。むしろ興味がある、さっさと言えと急かされた。

「アヴェールさん、こんな事してたら日が暮れる、さっさと行こうよ」

「バンビーノ、日が暮れたら語ってくれるかい？　ならお兄さん、枕とお布団と用意して待っちゃうけどなぁ～？」

ならばアヴェールはどうかと思ったが、初めに聞いてきた本人には意味が無い。言わねば日が暮れても待つと笑顔で答えた。ユートも分かってはいたのが、やはりダメだった。

「ランジェさん……」

「ん？　もしかしてキョウスイみたいに私くらい？　やぁん！　……ユートちゃんも大胆じゃない！」

ランジェは、この話の発端なのでさらに意味無し。最早嘘でも言わねば続くであろうこのくだらない問答。こんな事でいちいち覚悟を決めねばならないのかとユートは溜息を吐いてしまいたかった。

「あ、あのね三人共……」

こうなれば大声で叫ぶなりして、有耶無耶にしてやろうとユートは考えた。いい加減にしろと叱責すれば、三人共が自分は答えるのが嫌だと察してくれるだろうと、ユートはゆっくり大きく息を吸っていく。

そのまま大袈裟ではあるが背中を反りながら息を吸う様子に、キョウスイ達三人はついに言うかと、言葉を待った。

そして、ユートが大声を上げようとした瞬間だった。空を見上げたユートの真上に、黒い大きな鳥が見えたのは。

「……鳥？」

「あぁ？　ユートどうしたぁ……」

何も言わず、そのまま空を見上げるユートを見てキョウスイも空を見上げる。大きな鳥が四羽、真上で羽ばたいている。しかし、あれは果たして鳥なのだろうかとキョウスイは頭を傾げた。

ユートもまた同様の疑問を抱いて、その大きな鳥の影をしっかり目を凝らして見た。影はこちらに近づき大きさを増している。その大きさにユートが鳥ではないと気づいた。

その内の一羽、いや……あれは一頭と数えるものだと理解したユートは、その大きく吸った息を大声に変えて叫んだ。

「みんな……しゃがめぇぇェェエエ!!」

「チイッ!?　マジかぁ!!」

ユートの号令に反射運動のような素早さで、キョウスイがランジェとアヴェールの体を押しながらしゃがむ。

「ギャフン!?」

「きゃあああっ!?」

アヴェールはいきなりなんだと驚いて受け身を取れず、馬車に踏まれた蛙のような体勢で倒れ、ランジェは尻餅をついた。

ユートはすぐに左腰に携えた刀を抜き放つが、あまりのその巨大な影の主に立ち向かう考えを捨ててすぐさましゃがんだ。四人の真上を大きな風を起こして滑空し、咆哮を上げたそれはワイバーンだった。

ワイバーンはユート達が進む先を遮るように降り立つと、また喧しい雄叫びを上げた。そして、その背に乗っていた人間が降り立った瞬間、ユートはゆっくり立ち上がる。

「見つけたぞ……この薄汚い傭兵が!!」

降り立った青年は金髪を翻し、腰の剣を抜き放ちユートに突きつける。白いライトアーマーを日光に輝かせ、勇者レン・ガーランドがユートの前に立ちはだかった。

傭兵ユートに突きつけられた白刃がキラリと輝く。その剣を持つ勇者レンは今にも斬り掛かろうという怨念にも似た禍々しい気迫を放っていた。その美男子顔には似合わない殺意を孕んだ睨みは、もしかしたら他の人間なら足が竦む程かもしれなかった。

しかし、相手は二度その身体を叩きのめし屈辱を味わわせた張本人ユート。彼にその程度の殺意が通用する訳がなかった。それどころかユートは、先程抜き放った刀を鞘にしまうと新しくイズナの用意した濃い青色のジーンズに付いた土を払って見せた。

「貴様！　何をしている、鞘に抜いた刀をしまうとは馬鹿にしているのか!?」

「馬鹿を馬鹿にして何が悪いんだ？　問答無用にさっさと斬りかかればいいのにさ」

「き、貴様はいつも減らず口を……!」

「いつもと言う程会ってないだろう、こちらは顔すら見たくないけどね」

ワナワナと身体を怒りに震わせて、勇者は歯軋りを見せる。ユートが挑発を始めたその後ろで、キョウスイは腕を組んで勇者を眺め、ランジェは溜息を吐いた。

「あいつもこりねぇなぁ？　見たところなに一つ成長してねぇみたいだしよぉ？」

「勇者にしてはバカっぽいわねぇ、またユートちゃんの挑発に乗ってるじゃない？」

二人が小言で会話を交わす中、馬車に轢かれたカエルのような体勢から起き上がったアヴェールも体の土を払うと、目の前の状況に驚いた。

「おおっと、なんぞこれ……」

まず、ワイバーンが喉を鳴らしてこちらを睨んで唸っている。次に白いライトアーマーを来たちんちくりんの兵士が、ユートに抜き身の剣を突きつけていた。ユートはその剣を微動だにせず、その場で止まっている。

ワイバーンと抜き身の剣を持つ兵士に度胸があるなとアヴェールはユートに感心して立ち上がると、何やら話をしているランジェとキョウスイの話に割って入っていった。

「シニョールにシニョーレ、一体どうしたよ？　恋のお悩み相談？　てか、あの子誰かな？」

「あらアヴェール起きたのね。あんな倒れ方したから倒れたままかと思ったわ」

存外早く起き上がったアヴェールにランジェがそう言うと、お兄さんはしぶといからねと笑顔でアヴェールは返した。

「で、あれは誰かな？　まさか昔ユートちゃんが寝とった女性の彼氏さん？」

「あれが恋仇の喧嘩に見えるかぁ？　ゲイ野郎ぉ……あれが勇者だよ、勇者」

「ふ～ん、あれがね？」

勇者と聞いてアヴェールは剣を構えて怒りに震える少年を見る、見たところそこらに居る華奢な美男子でユートとは正反対な、か弱さすら見えた。

両刀使いのアヴェールは中々の美男子である勇者に興奮するかと思いきや、勇者レンを見ても何も感じなかった。

「……何かいけすかないね、お兄さんの下半身が反応しないよ」

アヴェールの口から出た言葉に、キョウスイとランジェが驚いた。アヴェールがどちらの気もある事は皆が知っている。そんなアヴェールが中々の美男子である勇者を見ても、そのような発言をした事は驚きだった。

「ゲイ野郎ぉ……テメェ誰でもいいんじゃあねぇのかよぉ？」

「まさか？　お兄さんにも好き嫌いはあるさ。今目の前に居る勇者だっけ？　雰囲気だけでもあの子は苦手だね」

気だるい表情を浮かべてアヴェールがキョウスイに反論する。確かに近寄り難い雰囲気は彼の言う通り感じるなとキョウスイも共感した。また、アヴェールがそう言った話をするので、ランジェも試しに男性として勇者はどうかと少し考えてはみたが『ないわね……あり得ない』と切って捨てた。

ユートの後ろに居る三人が小言を話す様子に、レンはさらに苛立ちが募った。勇者である自分を前にしてこの態度は何だと、身体と手に持つ剣が震え出す。

さらに、その苛立ちの全てである怨敵ユートも、余裕綽々《よゆうしゃくしゃく》と背伸びをしているではないか。自分が舐められている事がはっきりと分かる事に、レンは苛立ち叫んだ。

「いい加減にしろ貴様ら!!　罪人風情が勇者である僕を前にして無礼な!!」

そう大声を上げてすぐに、勇者レンは再び傭兵ユートに剣の切っ先を突き付ける。

「抜けっ、薄汚い傭兵め！　今日この場で貴様を討ち取り、晒し上げにしてくれる!!」

勇者の持つ白刃がユートの鳩尾のすぐ前に添えられた。ユートは勇者を見つめ、もう一度白刃を見てからまた勇者に目を合わせる。ユートは、つい先程から口上をのたまう勇者に一つ疑問を感じていた。

「先程から抜けだ無礼だと……さっさと始めればいいんじゃないか？」

「なにっ!?　何が言いたい!!」

「だから、さっさと斬りかかればいいだろう？　さっきから口だけしか動いてないじゃないか」

その疑問は、勇者が剣を抜いておきながらいつまでも戦いを始めない事だった。ユートは目の前にいる正義の勇者でもなければ、騎士道溢れる騎士ですらない。

いや、傭兵だの勇者だの騎士だのと、礼儀作法や決まり、掟だとかそれ以前の問題だった。この勇者は相手が自分ではなく、他の人間や化け物でもこのように口上を垂れるのかと甚だ呆れすら覚えた。化け物相手に口上を垂れれば口上の最中に不意打ちされて命を奪われる。そんな戦いの『当たり前』をこの勇者は知らないのだろうかとユートは思った。

「こうやって話す間に攻撃したらどうだ？　それともなんだ？　その綺麗な剣は飾りか？　買ったばかりのピカピカだな。ハリボテにはよく似合う」

「なあぁっ!?　ぐうぅっ、貴様ぁ……!!」

つらつらと挑発の言葉を並べながら、ユートはゆっくりと勇者に近づく。勇者の構えた剣があるというのに構わずユートは歩を進め、切っ先がユートの腹に少し力を加えれば貫ける距離まで近づく。その様子を見たキョウスイが、腕を組み見守り、ランジェが子供の遊びを見るように優しい眼差しを見せ、アヴェールが一体何をする気だと好奇心を曝け出し、三者三様の視線を二人に浴びせた。

「どうした勇者、薄汚い傭兵の命はすぐそこだぞ？　ほら、大罪人を斬り捨ててみな？」

切っ先がユートのインナーに当たり穴を開ける。それ程の近い距離まで近づきながらも、勇者はまるで蛇に睨まれた蛙のように動けない。たった一押しで怨敵を殺せるという間合いに居ながら何もできない勇者に、ユートは罵声を浴びせた。

「僕の腹を貫いてみろ!!　この、ハリボテがぁあああああああ!!」

「誰が、誰がハリボテだぁあああああ!!」

怒りを爆発させ勇者レンはその剣でユートの腹を貫かんと、思い切り右腰まで剣を引いた。引いたが為に、勇者の突きの挙動が遅れた。それに対してユートは素早く間合いを詰めた。そして、勇者が剣を持つ両手の刃に近い方を握っていた右手の手首を並行上にあった左手で素早く掴んだ。

「なぁっ!?　くそっ!!　離せ、離せぇっ!!」

「引いてどうする？　サッサと力を入れて貫けばよかったものを……」

レンは力を入れてユートの手を振りほどこうとした。だが余りにも強い握力にそれも出来ず、勇者は抵抗一つできなかった。この一連の動きにユートの仲間三人は唸り、アヴェールに至っては拍手をしてあげた。

しばらく手を解こうと勇者レンが力を込めて腕を動かそうとする。その間にユートは空いていた右手を勇者の左耳までゆっくりと持っていく。そして強く右足で前に踏み込み地面を掴みながら、腰を右に回転させて薙ぎ払うように拳を振るった。

「SYARaAAAA!!」

裂帛《れっぱく》の気合いと共に放たれた拳に、鞭のようにしなやかに強く振るわれた腕の力が加わり、その何度砕かれたか分からない鼻へと当たる。そして、何度聞いたか忘れてしまう程に聞き慣れたひしゃげた音と共に勇者の鼻骨を圧し潰した。

「がべぺぇっッ!?」

殴られた勇者は無残にも叫びを上げて宙を舞い、ワイバーンの足元まで吹き飛ばされた。

ユートの拳を受けた勇者は地面を転がり仰向けに倒れた。鼻骨をへし折られ、鼻を平たくされて、流れ出した大量の血が頬を伝い口内に鉄の味を味わわせる。

「つぐ！　ふがぁっ!?」

「剣を抜いたなら……覚悟して貰おうか勇者!!」

鼻骨の痛みに勇者が鼻を抑える中、ユートは倒れる勇者へと近づくと、その襟首を持って立たせようと手を伸ばす。後ろで見ていた三人の一人、キョウスイが存外早く終わるなと眺めていたその時だった。

「危ねぇ！　ユートぉ!!」

街道の茂みから一つの影が飛び出して、高く飛び上がった。ユート自身も茂みから聞こえた微かな音に気づき反応できた為、すぐにそちらに目を向けた。

「せぇえやっ!!」

大きな気合いと共に放たれた飛び蹴りが、ユートの顔を足の裏で捉えようとした。しかしユートは素早く腕を交差させてその蹴りを受け止める。

「くぅあっ!?」

だが、奇襲した相手の蹴りの威力も中々。ユートは一度地面に転がってしまう。しかし後転しながら受け身を取って立ち上がると、奇襲した相手の顔を確認した。飛び蹴りで奇襲して地面に降り立ったのは鉢金を巻いた格闘家リッドだった。

リッドは何も言わずに、そのままユートに追撃をと距離を詰める。しかしそうはさせないと後ろに居たキョウスイがリッドの前に立ちはだかった。

「奇襲とはぁ、味な真似するじゃあねぇか!」

「アンタ達が強いのは身に染みてわかってるからな!」

ユートを守る様に立ちはだかったキョウスイに、リッドが構えを取るとキョウスイも構えた。しかし奇襲に失敗して襲い掛かった相手に情けをかける程ユート達は甘くない。ランジェがいつも胸の谷間にしまっているステッキタイプの杖を取り出して、リッドに向けた。

幸いこちらに意識がいってない様なので、火の魔法の一つを浴びせてやろうとランジェが呪文を唱えようとしたその時、

「アクアスライサー!」

「あらっ？」

「わぁおっ⁉」

また同じ茂みからマナの集まる流れを感じたランジェが、ダンサーらしく柔軟に背中を反らした。突然変な体勢になったランジェにアヴェールが何をしているのかと驚くと、茂みから高速回転する水の円刃が二つ、姿を現した。それを見てアヴェールは、素早く頭を守りながらしゃがんだ。

水の円刃はランジェとアヴェールの上を通り過ぎ、その先に生えた木々を切り倒していく。体勢を戻してランジェが水の円刃を放った相手の居るであろう茂みに目を凝らす。

「ガキンチョ、出て来なさいな？」

「誰がガキンチョですってぇ⁉」

格闘家に負けない程勢い良く飛び出したのは、三角帽子をかぶった魔法使いメルディ。メルディはガキンチョと呼ばれた事が気に入らないのか、地面を踏み鳴らしてランジェ達に近づいて行く。

「背は伸びたかしらメルディちゃん、相変わらず可愛らしいこと……」

「馬鹿にしないでこの、アバズレ！　ホシミツ山では負けたけど、勇者様に刃を向けた事を後悔させてやるわ‼」

長い杖をランジェに向けてメルディが口上を宣った。これで三対四、しかしユート達が一人多く有利な事に変わりはなかった。さらにアヴェールが持つ獲物はリボルバー。突き付けて動くなで終わらせる事ができるかもしれない。なら、とアヴェールは女性に銃を突き付けるのは気が進まないものの、腰のホルスターからリボルバーを引き抜いてメルディに突きつけようとした。

「おっとバンビーナ、あんまり怒ると可愛い顔が台無しだよ？　だからそのまま引き下がってくれれば……」

銃を引き抜き、アヴェールはメルディに向けてその銃口を向けようとしたが叶わなかった。引き抜いた右手に衝撃と痛みを感じてアヴェールはリボルバーを足元に落としてしまった。

「痛いっ!!　何なになんなの!?」

すぐにでもリボルバーを拾おうとした中、アヴェールの目の前に白い布が横切った。白い布はランジェとメルディ、キョウスイとリッドを掻い潜って、先に宝玉が付いたロッドを取り出してユートへと振りかぶる。

「はあっ!!」

「むっ!?」

高く大きい気合いと共に頭へ振られたロッドをユートは掴んで防いだ。そして降り立った人の正体が分かると、ユートはやはり居るよなと少し苦い顔を作って挨拶した。

「久しぶりだねユキナ、あれから身体の具合はどうだい？」

「すこぶるいいですよ、ユートさん」

勇者の幼馴染の僧侶、ユキナもまた苦い顔を見せながら挨拶を交わした。

ユキナ・ペンドルト。勇者一行の僧侶にして勇者の幼馴染である彼女は、ユートと少しばかり因縁があった。ユキナはホシミツ山を登る際に、足を踏み外して落下した。その原因は先を急いだ勇者レンに準備不足による、高山病の発症である。

そんな崖から落下したユキナを、ユートは生身一つで受け止め命を救ったのだ。余りの無茶にランジェとキョウスイがユートを馬鹿呼ばわりする程の無茶だった。

ユキナはユートに感謝したが、山頂でレンとユートが戦い、レンをまた叩き伏せたユートを間近にこの目で焼き付けたのだ。

絡み合う因果の鎖。勇者レンが傭兵ユートに牙を剥けば僧侶ユキナはそれを見る。二人はまた出会ってしまったのだった。

「ホシミツ山ではどうも。貴方に助けられなければ私は死んでました……」

「どういたしまして、なら……頼みの一つにこの杖を振るのはやめてくれないか?」

緊迫した状態ながらユキナは改めてユートに感謝を述べる。中々肝が据わってるなとユートは心中驚くが、ならば杖を振るのをやめてくれと小声で頼んだ。

「それは……できません」

「何故かな?」

「仲間を、勇者を見殺しにはできませんから……」

「健気だね、勇者にも君みたいな心があればいいのに、彼にはそれが全く無い」

ユキナは、自分が杖をしまえばユートが迷わず勇者であり幼馴染のレンを殺しにかかると見抜いていた。

未だに刀を鞘にしまったユートを見れば先に喧嘩をふっかけたのはレンであることはわかる。だが勇者である彼を守らねばとユキナはユートが掴むロッドに必死に力を入れた。

「先に抜いて斬りつけたのは彼だ。剣を抜いた以上生きるか死ぬかになるのは分かるだろう？」

「彼は勇者です。勇者である彼を守るのが私達の使命です」

その言葉を聞いたユートの手に力が篭る。ロッドがミシミシと悲鳴を上げて小さな亀裂が入っていった。そして、何の因果かは分からないが、ユートの足元から再び、ホシミツ山で出てきた様な黒い渦巻く瘴気が現れた。

「さっきから勇者、勇者と……勇者であれば全て許されるのか!!」

突然の怒声にユキナの身体が竦む。そしてユートは握っていたユキナのロッドを乱暴に振り払うと、それに釣られたユキナが少しよろけながら後退する。再びロッドを構えた刹那、ユキナもユートの足元から浮かび上がる黒い瘴気を目の当たりにした。

「こ……これは何？」

余りにも奇怪で、恐ろしく思えるユートの瘴気にユキナは冷や汗を垂らす。しかしユートは構わずに声を上げて叫んだ。

「十年だ！　異端狩りに両親を殺されて十年!!　勇者の為にと行われたそれで全てを失ってな!!　初めて勇者とパレードで出会い、僕の両親を奪ってでも、魔王を倒さねばと意気込む人間なら、仕方ないと思えただろう!!　だが、見てみればこいつは観衆の面前でまだ幼い子供を蹴飛ばして異端者扱いにしたんだぞ!?」

異端狩りに奪われた両親。ユートの溜め込んだ十年の思いが爆発した。血涙を流してユートは叫ぶ。

そして倒れ伏す背後の勇者を指差し、彼の悪行を暴いた。

「そんな人間が勇者だと!? ふざけるな!! そんな奴の為に両親が殺されたなら、我慢なんかできるか!! 殺意は渦巻きすぐにでも殺してやりたくなった!!」

その様子に、ユートの仲間達が苦い顔をした。余り話していなかったユートの心の内が今になって爆発したのだ。キョウスイがぎりりと歯を食いしばり、ランジェが俯く。アヴェールも、初めて聞いたユートの心中に驚きを隠せなかった。

「それでも、それでもそんな奴を守りたいなら……勇者の仲間達も、勇者も、お前ら全員……皆殺しだッ!!」

血涙が頬を伝い地面に赤い斑点を落とす。そして遂にユートは左腰の一度しまった刀をスラリとゆっくり抜きはなった。

少年の口から出たとは思えない皆殺しの宣告。それがこの場に居た者達の背筋を凍らせた。抜き放った刀をユキナの喉元へ突き付けてユートは覚悟を決めた。

もし、両親は復讐を望んで無いだの、そんな事に意味はないだのと言おうものならば、全員斬り捨てると。その仇を取りにくる王国の連中も、シェイン王国の民衆も全て斬り捨てると。

だが、目の前のユキナはなぜか驚いていた。ユキナは同情の表情も無ければ、悲しみの表情も浮かべてない。ただ驚愕の表情を浮かべてユートを、いや、後ろに倒れている勇者レンを見ていた。

「子供をパレードで……蹴飛ばした？ さらに異端者扱い？ どういう事……レン？」

か弱く呟いた僧侶に、勇者の身体が震えた。

「ねぇ、レン……どういう事？」

勇者の幼馴染の僧侶ユキナは、倒れてこちらを見上げる勇者レンに聞いた。困惑からか顔の色を青くして、信じられないとばかりに勇者を問いただす。レンは倒れながらも口を動かして弁明した。

「な、何の事だ？　でたらめさ……あれは反勇者の思想の子供がパレードで僕を刺しに来た。そう新聞にも載って……」

「お前……!!　見ていた本人を前によく言えるなぁ!?」

嘘を並べる勇者の首をユートが掴み持ち上げる。鼻血を流しながら苦しさに唸る勇者を、ユートは血涙を流して充血した目で睨みつけた。

「何を馬鹿な、勇者様がそんな事する訳ありませんわ！　大体勇者様が言った通り、あれは新聞記事にも書かれていた！　言い掛かりはやめなさい痴《し》れ者!!」

「何ぃ!?」

何を馬鹿なとランジェと対峙したメルディが、ユートに言い放つ。ランジェも初めて聞いたユートが勇者を殴り倒した理由に困惑して杖を下ろしてしまった。

「嘘つきはどちらでして痴れ者？　貴方の悪事は勇者新聞にしっかり書かれてますわ！　不意打ちした卑怯者の傭兵と……」

「ざけんじゃあねぇぞクソガキャああ!!」

「ひいっ!?」

しかし、言葉を遮りキョウスイが怒声を飛ばした。キョウスイは知っているのだ。ユートが勇者を殴り倒しネムステルへ潜伏した翌日、キョウスイは勇者の街レインの宿に忘れた荷物を取りに行った。

その帰り、足元に風で運ばれた新聞記事には嘘八百も甚だしい捏造記事が書かれていた事を知っていた。だが、キョウスイはそれで怒声を飛ばしたわけでは無い。

キョウスイが怒りを露わにしたのは、どんなにこちらが真実を口に出しても、全て勇者の都合のいいように民衆に伝わってしまうという事だった。あの話も、勇者襲撃を目論んだ小さな反勇者思想の子供の襲撃の隙を衝いて不意打ちしたと捏造されていた。だからこそ、キョウスイは我慢ならなかった。

「な、いきなり何よ野蛮人！　叫ぶなら檻の中で」

「るせぇっ!!　まだ胸も膨らんじゃあいねぇガキがぁ、ぎゃあぎゃあ癇癪《かんしゃく》起こすんじゃあねぇ!!」

悪さをした子供に怒る親父のように、ピシャリとキョウスイは言い放つとメルディの動きが止まった。キョウスイは目の前に居るリッドに構わず、パイプを取り出して口に咥えた。

そのパイプに火を付けるのは勿論ランジェ。ランジェが軽く杖を振るえばキョウスイのパイプから煙が立ちあがる。ゆっくり、肺に煙を取り込みキョウスイはその煙を空に向けて吐き出した。

「ままならねぇなぁ？　ユートぉ……嘘が本当に、本当が嘘にだぁ……」

勇者レンの首を掴むユートに、キョウスイがそう呟いた。それを聞いたユートは頷きもしなければ返事もせずに、ただキョウスイの言葉を聞いた。

「ユートの両親もよぉ、俺の村の死んで行った奴らもよぉ……そいつの一声で帳消しだぁ……」

キョウスイは咥えたパイプを動かして、その先にいる勇者を指し示す。そしてユートは気付く。

キョウスイの瞳には確かな鋭く冷たい意思が宿っている事に。

キョウスイ自身も我慢ならないなら、吐き出したかった。勇者の為に造られたこの国に、法律に、そして後押しする組織への怒り全てを怒声にして吐き出したかった。だが吐かない、吐いた所で無駄と分かっているからだ。喚いても子供の泣き喘ぐ姿と変わりないから、キョウスイは吐かない。

「ならよぉ、本当が嘘になるならよぉ……勇者が死んだなんてぇ本当はよぉ……だぁれもが嘘だと思うよなぁ？」

キョウスイから放たれた言葉に、勇者一行が凍りついた。キョウスイは思ったのだ、自分達が見て来た真実が、伝えて来た本当が嘘として捏造されるならば、勇者が死んだとしても国が隠蔽するのではと。

それを聞いたユートは、器用に逆手で左腰の鞘から刀を抜き放つ。そして、皆が見る前でユートはその冷たい刃を勇者の喉元へ突き付けた。

「ま、待ってくださいユートさん！　お願いです!!」

「……待たないし、待つ気もさらさら無い!!」

「命《タマ》ぁ……取ったれやぁ……ユートぉ」

キョウスイの慈悲の欠片も無い宣告に、ユートの手に力が入る。首に突き付けていた刃はゆっくりと勇者に近づいていった。

「や、やめなさい痴れ者め！　貴方勇者様に何かしたら」

「何かしたら、どうしようかしら？」

今にも首を貫かれそうな勇者にメルディがユートに向かってそう言い放つと、ランジェがメルディのこめかみに杖を当てた。メルディはランジェを睨みつけるが、ランジェはその目をしっかりと見つめてやる。

「ま、待てよ!! そうはいかねぇって……」

「おい……邪魔ぁすんなよ?」

キョウスイの前に立ちはだかったリッドも、ユートを止めようとした。しかし、キョウスイのドスの聞いた呼び止めと、拳を握り締める様子に足が竦んだ。

誰一人動けない様子にレンの顔に冷や汗が浮かび上がった。なぜ誰も自分を助けないのか、勇者である自分を助けようとしないのかが理解できなかった。

「な、何をしている皆! 早くそいつらを倒して僕を助けろ!!」

焦りにレンがそう言うも、誰一人として動かない。レンは気づいてはいないのだ、誰もが動かないのでは無く動けない事に。キョウスイから滲み出す気迫、ランジェの冷たい目が二人の動きを止めていた。

「残念だな勇者、魔王討伐もできずにお前は死ぬ、今日ここでな」

「なにを!? 勇者である僕が、僕が死ねば世界は……」

「構わない」

最早ユートの刃を止める術は無い。足元に渦巻く瘴気が強くなっていき、近場にいるユキナすらも止める事が出来ない程の禍々しさを放っていた。

「あの世で僕の父さんと母さんに詫びろ……勇者レン!!」

突き付けた白刃がゆっくりゆっくり近づき、そして切っ先が喉に当たり一筋血のラインがレンの胸元に流れ出す最中。

三回、銃声が鳴った。それはホシミツ山でユートの肩を撃ち抜いたマスケットとは違う発砲音だった。独特な重い音、ユートはそれがアヴェールのリボルバーだとすぐに気付いた。

アヴェールがユートを撃った訳では無い。これは合図だった。それを聞いたユートも、キョウスイも、そしてランジェもこの合図の意味を理解したのだ。

「くそっ!? 全員退却!! 方角は南!!」

舌打ちしてからユートは勇者の首を掴んだ手を離して勇者を地面に投げ倒し、向かうべき先のロマルナがある南の方向に駆け出した。しかし、その先には勇者レンが乗っていたワイバーンが待っていた。

「ッシャアアア!!」

しかし、ワイバーンは呑気に空を見ていた。それをチャンスとしたユートが、勇者の喉元に突き立てる筈だった刀を思いきり左腰に当てるまで振りかぶって、ワイバーンの頭めがけて振り抜く。

ワイバーンは気付かぬ間に首を切り落とされて、そのまま地面に倒れた。

それに続いてキョウスイとランジェがユートの後を追うように走り出す。いきなり逃げ出すユート達一行に、何がどうなったのか理解出来ないが、逃がすまいとメルディが杖を掲げて呪文を唱え始めた。

「この！　逃がしてたまるものですか!!　アクア……」

「ごめんねバンビーナ!!」

しかし、後ろから聞こえた謝罪と共にメルディの足元の地面が大きな音と共に抉れた。アヴェールが呪文を唱えさせまいと、メルディの足元をリボルバーで威嚇射撃をしたのだ。

「ウォオオーッ!?　冗談じゃーねーぞおたくらッ!!　俺たち捕まえる為にあんな大軍用意するか普通よーーッ!!」

メルディの真横を猛スピードで走って通り過ぎ、さらにはリッドもユキナも勇者レンすらも構わず振り切ってアヴェールがユート達の後を追って逃げ出した。

そしてまだユート一行の背中が見える中、メルディが赤い癖っ毛の男が逃げながら言っていた言葉に、はっとして気付いた。

「た、大軍ですって！　まさか!?」

メルディが振り返った先に彼等は居た。街道を踏み鳴らし、さらには空をその翼で覆い尽くす大軍。それには後で気付いたリッドも度肝を抜かれた。

シェイン王国最強の部隊、ワイバーン隊が彼等の前に到着した。

レン達勇者一行は背後より来たるワイバーン隊と合流していた。その隊を指揮するバルドーがワイバーンの連帯からいち早く飛び出し勇者の元へワイバーンを降下させて着地すると、すぐに鞍から降りて片膝を着いてメルディに頭を下げた。

「騎士隊長バルドー、只今参りました！」

「遅いですわ！　もう痴れ者達は逃げて先に行きましてよ!?」

遅い到着にメルディは憤慨する。しかし後ろから少し離れて付いて来いと言ったのは、勇者レンであり、バルドーはそれに従っただけ。怒られ損とはこの事を言うのだろうかと、バルドーは顔を歪めた。

「さっさと奴らを捕まえなさい!!　じゃないと貴方達、勇者様の顔に泥が塗られるわよ!?」

憤慨は続き、さっさと奴らを捕まえろとメルディがユート一行の逃げた南へ杖の先を向けて指示した。だが、それを遮ってユキナが言葉を紡ぐ。

「メルディ、落ち着きなさい！」

「落ち着けませんわ！　ユキナ、貴女はあんな行いをしたあいつらを」

「落ち着きなさい」

その一言と共に、ユキナはメルディの瞳をしっかり見つめて再度落ち着けと言った。うぐっ、とメルディはユキナの厳しい眼差しに言葉を詰まらせる。それを見たユキナがリッドの横を通り抜け、倒れ伏し鼻血を垂らす勇者レンの鼻に杖を向けた。

「レスト」

ユキナが一言だけ呟き、杖先に聖なる光が灯る。するとレンの砕かれ、圧し潰された鼻骨が復元していき、やがて血は止まった。まだ顔に付いた血をレンは拭い、ゆっくりと立ち上がる。

その様子を見たバルドーが、心中感銘を受けた。いかな僧侶とは言え骨折を治すのには数分かかる。大きな怪我は尚更だ。それを瞬時に治癒したユキナの僧侶としての実力が、半端なものではないと唸り、喉を鳴らした。

「ありがとうユキナ、くそっ！　あの薄汚ぃ傭兵がっ!!」

治癒を施されたレンは立ち上がるや否や、軽くユキナに感謝すると跪くバルドーの元へ駆け寄った。

「バルドー！　新しいワイバーンを用意しろ！　奴らを捕まえて、次こそは処刑台に送ってやる!!」

「ははっ!!」

勇者の命令に騎士は返事をすると、すぐさま後方から来るワイバーン隊を呼び寄せた。だが奴らを、ユート達を捕まえると意気込む幼馴染の勇者レンの姿に、ユキナは表情を曇らせた。

✕

勇者達がシェイン王国ワイバーン隊と合流したその頃。

アヴェールの三発の銃声により逃げろと合図されたユート達は足早にその街道を駆け抜けていた。

「オォーーイッ！　待ってくれーーッ!!」

一番後方に居て、最後に逃げ出したアヴェールがユートやキョウスイ、ランジェ達に追いつく。追いつくとすぐにキョウスイが背後に居るアヴェールの方へ顔を向けて走りながら聞いた。

「テメェ！　アヴェール!!　まさかぁユートの邪魔ぁしやがったのか!?　ああっ!!」

「んなわけないでしょーがッ！　後ろ見たらお兄さんびっくりのワイバーンてんこ盛りだよ!!」

「ワイバーンですって!?」

アヴェールの証言に、ランジェが青ざめた顔になりながらアヴェールに聞き返す。ワイバーン部隊は、ユート達がホシミツ山の山頂にて勇者と対峙して叩きのめした際にユートの肩を打ち抜き、自分達を捕まえたシェイン王国軍の一部隊である。

「あの時以来か、じゃあまた追ってくるね……」

ユートはその時撃たれた右肩に軽く触れた。あの時撃たれた傷だが、何故か捕まってすぐに塞がるという不思議な現象が起きた事を思い出す。

「どうするユートぉ？　ランジェやアヴェールならぁともかく、俺たちはぁ手も足も出ねぇぞ？」

キョウスイが発した妥当な思案にユートは舌打ちした。相手は空舞う翼竜ワイバーンに乗った兵士達。ランジェの魔法やアヴェールのリボルバーなら太刀打ち出来なくは無いが、キョウスイやユート自身は白兵戦を専門とする為に空中の相手には手も足も出ないのだ。

「逃げるしかないね？」

他に方法は無い。いかに四人が強くても相手が悪いならさっさと逃げようと、ユートはあっさり決めた。キョウスイもそれに同意して頷くが、やはり逃げると口に出してもそう簡単に逃げきれる程甘くは無かった。

「ちょっと……冗談でしょ？」

ワイバーンと聞いたランジェが気になってふと後ろを振り返ると、その後方の空には黒い翼竜の群体が舞っている。二十、三十は肉眼で見えた群体がこちらに向かっているのをランジェは見た。

「ユートちゃん！　このままじゃ私達また捕まるわ!!　ワイバーンの飛行する速さに人間じゃすぐに

追いつかれる!!」

結構な早さで駆け抜けたにも関わらず、もう翼竜の群体が肉眼で見える距離まで迫っていた。あの中には勇者もいるのだろうと、逃げ惑うこちらを見て高笑いする勇者レンの姿を頭に描いたユートが顔を歪ませる。


街道を走り続け距離を離す一行。順調に逃げているが、ユートには一つ懸念があった。それは皆の体力だった。ユートやキョウスイは鍛えられた肉体があり体力は有り余るほどある。

しかしランジェは女性である。踊り子であった彼女の体力が普通の女性よりはあると分かっているものの、やはり自分達よりは先に息が上がるだろうとユートは思っていた。

そして、ユートが一番に心配しているのがアヴェールだった。アヴェールは拳銃は扱えるが、ユートやキョウスイと違い身体を鍛えていない。今でもランジェより後を走り続け、息を吐く中に苦しい声が混じって聞こえているのだ。

「アヴェールさん！　ペース落ちてる、捕まるよ!!」

「わっ、わかってるさバンビー、ゼェッ、ゼェッ」

アヴェールはゼェゼェと唸り、何とか付いて来ているが、そろそろアヴェールがバテるとユートは思った。

だが、ペースを落とせばワイバーン部隊と勇者に追いつかれるだろう。ユートが頭をフル回転させてどうするか考えた、そんな時だった。街道の横に広がる林から、水の流れる音が聞こえた。

それを聞いたユートは、ある事を閃いた。そして、その閃きを行動に移すために自身の背負うザックを走りながら背中から外していく。

「おい、ユートぉ……何してんだぁ？」

背負うザックを外すユートに、キョウスイは始め、逃げるのに邪魔な重い荷物を捨てるのかと思った。確かにユートのザックには結構な備品が入っている。これを捨てれば走る足に負担も無くなり、重い荷物を持ちながら走る時の疲労も軽減されるだろう。

だが、それはキョウスイの思い違いだとすぐに分かった。ユートは背中のザックを外した瞬間、それをキョウスイに投げつけたのだ。投げつけたというよりか、下投げで投げ渡す感じだった。

いきなりザックを投げ渡されたキョウスイだが、身体は反応してそのザックをキャッチする。そして、ユートはワイバーン部隊が迫るであろう逃げて来た道へ振り向いた。

「行って！　僕が囮になるから、早く!!」

突然何を言い出すのかと、追い越したランジェが止まりユートの方を見た。あの軍勢を相手に囮になるのは自殺行為であり、袋叩きもいいところだ。すぐに止めねばとランジェが声を上げた。

「何言ってるのユートちゃん！　貴方、そんな事したら!!」

しかし、そのランジェの肩を強く掴んだか者が居た。ランジェは一体誰だと後ろを振り向く。肩を掴んだのはキョウスイだった。キョウスイはランジェをしっかり見つめると、ただ首を横に振った。

つまり、止めるなとキョウスイは口に出さずに示したのだ。今この瞬間にも王国のワイバーン部隊が近づいている。アヴェールの足止めで少しは時間が稼げたが、翼竜の飛ぶスピードに人間は敵わないのだ。

なら、また誰かが足止めをするか囮になるしかない。それをユート自らがやろうと言うのだ。ならキョウスイは止めない。もし止めたらユートが怒るだろうし、逆にキョウスイが足止めをしてもユートは止めないだろう。

「キョウスイ……だけど一人じゃぁ……」

「大丈夫だぁ、ユートがくたばるタマかよぉ？」

心配するランジェにキョウスイがそう言ってやる。そして最後尾のアヴェールがユートの横を横切りこちらに向かってくると、背を向けたまま、来たるシェイン王国の騎士を待つユートにキョウスイは言い放った。

「また後でなぁ？　ユートぉ……」

「あぁ、キョウスイ……また後で！」

キョウスイはそう言った。本来なら死ぬなよだの、生きて帰って来いと言うところだが、そうは言わなかった。生きて帰って来るのは当たり前であるとばかりに、また後でと言ったのだ。

「おらゲイ野郎ぉ！　さっさと走りやがれぇ!!」

「ゼヒュッ、ゼヒュッ、待ってくれ……」

アヴェールは息を切らしながらキョウスイとランジェに付いて行く。やがて街道の向こう側へと遠のく三人の姿をユートは見送った。そしてユートは向かって来るであろうワイバーン部隊を待つように、その場で仁王立ちとなった。

「くそっ！　薄汚い傭兵め、銃士を仲間にしていたか!!」

バルドーの後ろで勇者レンは大声で悪態を吐くと、翼竜を操るバルドーは顔をしかめた。流石に間近で叫ばれれば耳が痛む。少しは配慮が欲しいと心中で若き勇者に悪態を呟く。

「バルドー！　何をしている、さっさと速度を上げて奴を追え!!」

「わ、分かりました！　ですから暴れないでください！」

うるさく勇者が指示を出しながら翼竜の上で身体を動かすと、騎士隊長バルドーが焦りながら翼竜に手綱を打ち付けた。すると一つワイバーンが咆哮をあげてその翼を力強く羽ばたかせると、思い切り風を切って速度が上がった。

「物見兵！　ユート一行は見えるか!?」

「見えません、見失った模様です!!」

望遠鏡を持ちながら飛ぶ物見兵に、バルドーが大声で確認する。しかし望遠鏡の中には人影一つ映らず、此方の慌て方とは正反対ののどかな街道が続いていた。

舌打ちしながらも、バルドーは右腕を振り上げてからその腕を前方に突き出した。バルドーは手信号による指示で、全員に前方を注視せよと指示を出す。後ろに乗せた勇者レンは、歯ぎしりをして苛立っていた。

そして物見兵が突然だが、報告を大声で伝えた。

「前方に人影！　あれは……見つけました！　ユートです!!」

物見の報告にバルドーは前方に広がる街道をしっかり見つめた。後ろに乗っていた勇者レンもまたバルドーの肩からその人影を視界に入れる。

バルドーはその人影の背格好から、確かにユートであると確信した。さらに一人だけ残っているという事は、仲間を逃がす為の囮になっている事が分かる。さらに、勇者のワイバーンが撃ち落とされてからそう時間は立ってない。

つまり、ユートの仲間であるキョウスイ、ランジェ、アヴェールの三名もまだそう遠くには行っていないと言う事が理解できた。ならばこれはまたと無い一網打尽のチャンスと、バルドーは率いるワイバーン部隊を二手に別れさせて、ユートとその仲間を捕まえようとした。

「全員二手に……」

バルドーが、指示を皆に出そうとしたその時だった。

「全員あの人影に集中、大罪人ユートを逃がすなぁ!!」

「なぁ!?」

後ろに乗った勇者レンが、ワイバーン部隊の皆に勝手に指示を出した。勇者の指示を聞いたワイバーン部隊は鬨《とき》の声を上げて、その人影に向かい突撃するように、各々が跨る翼竜の手綱を打ち付ける。

「何をしているのです勇者様！　あの者が囮で仲間を逃がす算段をしているのがお分かりか!?」

さしものバルドーも勝手な指示を部隊に出した勇者レンに反論した。しかしレンは目つきを鋭くしてバルドーを睨みつける。

「口答えはするなバルドー!!　貴様普通なら異端者扱いで断頭台だ!!　いいか、あの薄汚い傭兵は僕の誇りを、そして国の象徴である勇者の僕を傷付けたのだ、それにも係わらず、のうのうと生きている奴を処刑台に送る事に全力をそそげ!!　分かったか無能がぁ!!」

最早赤子の我儘に等しい勇者の反論に、バルドーは確かな失意を感じた。この勇者は今、最大のチャンスを潰したのだ。確かに今あの人影、ユートであろう人物に集中すればユートは捕まる。

だが、その代わり他の三人は取り逃がすのだ。しかも、今二手に別れれば確実に四人全員を捕まえられるのにだ。しかしバルドーは反論できない。何故なら勇者がそうだと言えばそうなのだから。バルドーは心中怒りを蓄えながら、勇者に指示を委ねる為黙った。

「全員突撃!!　大罪人ユートを逃がすなぁぁあああ!!」

押し黙るバルドーを無視して、勇者レンが大声で勇ましくワイバーン部隊に指示を出した。しかしその瞬間、人影は街道の横にある林へと走り去って行った。


ユートは街道の側道を覆う林へと走り、その木々が生い茂る中を駆ける。本来なら足場に生えた蔦や転がる倒木に足を取られそうになるが、ユートはその雑木林をスイスイと軽々と走り抜けて行く。

「さて、上手くいけばいいんだけどなぁ……」

ユートはその雑木林を駆け抜けながら呟いた。ユートがわざわざ囮になったのにはちゃんとした理由があった。それは自分自身が最高の囮だという確信があったからだ。

自分自身の首にシェイン王国が掛けた懸賞金の額は金貨二千万枚。それは一般市民が手にしよう物ならその一生を遊んで暮らせる額である。それも囮として魅力だが、さらにあるのだ。

それは、相手が勇者レンである事だ。

勇者レンはパレードで一回、ホシミツ山で一回。さらに先程も一回の計三回ユートに叩きのめされている。勇者レンの怨みが果てしなく大きいのは周知の事実だった。さらに勇者レンの『勇者』という肩書きが絶大なのは、ユートも知っている。

そこからユートは、勇者レンが自分を追い詰める為にワイバーン部隊に勝手な指示を出し私情のために使うのではと予想した。そしてその予想が見事に当たったのを少年自身は知らない。

「さぁ、ハリボテ……利口な判断がお前にできるかな？」

そして、ユートがこの林を駆け抜けて向かう先。それが『リルディアの滝』だ。先程川の水が流れる音を聞いた上で、ユートは囮になった。囮になる以上みすみす自らの命を捧げはしない。ユートはその滝を逃げ道に選んだのだ。

×

ユートが囮となり、キョウスイ、ランジェ、アヴェールの三人は街道を駆けて逃げる。キョウスイは息をあげずに走り続けるが、ランジェは少し息を乱れさせ、アヴェールは喘息を思わせるほどに息を乱していた。

「はぁ、はぁ、はぁ……あ、あれ……？」

顔を上気させて赤く染めるランジェが、ある事に気づいて立ち止まった。

「ゼハッ……ゼハッ……ど、どしたのシニョーレ？」

アヴェールは最早走る気力が無いのか、ランジェが止まった瞬間両膝に両手を付いて前屈みになって呼吸を整え始めた。そして二人が止まれば自ずとキョウスイも止まり、二人の様子を伺った。

「どうしたぁ、ランジェにゲイ野郎ぉ……」

「おかしいわね、ワイバーンの羽ばたく音が全く聞こえないわ？」

様子を聞いたキョウスイに、ランジェはそう答えて逃げて来た道を見つめる。キョウスイも耳を澄ましてみると確かにワイバーンの咆哮も翼の音も聞こえず、さらに遠くに見えるはずの影も無い。

「つーこたぁ、ユートはぁ囮に成功したんだなぁ」

呑気な雰囲気を出してキョウスイがそう呟いたが、ランジェはこうも簡単に成功するのかと少し懸念の表情を見せた。普通なら二手に別れるかして、ユートもこちらの三人も叩くのが上策なのにだ。

「けど、成功したならしたで少し心配だわ……ユートちゃん奴らをどうやって撒《ま》くのかしら？」

「あ、お兄さんもそれ思った……バンビーノは囮になったけど、どうやって奴らを撒くんだい？」

どうやって撒くのか、確かにユートはどうするのかとキョウスイは思った。このロマルナまで伸びるメルディア街道にそんな逃げ道や隠れる場所があっただろうかとキョウスイは腕を組んで考えてみた。

しばらく集中して考え込んでいると、キョウスイの感覚は自ずと研ぎ澄まされて、耳がある音を拾った、それは水を叩きつける喧しい音だった。

「はぁ、はぁ……そう言えば喉が渇くわね……近場に水場はないかしら？」

「シニョーレ、水なら林道越えた先に滝があるじゃないか」

ランジェが喉の渇きを訴えれば、アヴェールは疲れからそっけなく返答した。滝。その単語を聞いたキョウスイが、そう言えばリルディアの滝という名所があったなと地図でユートが指し示したのを思い出し、自分もそこで水を飲むかと思った。

そして、近場に滝があると分かったキョウスイはユートが何をしでかすかしっかりと理解して驚き、すぐさま水の音がする雑木林の中へと走り出した。

「ちょっ!? キョウスイどうしたのよ一体!!」

「シニョール!? 急いでも水は逃げないぜ!?」

駆け出すキョウスイを見て、ランジェとアヴェールが各々口を開いた。しかしキョウスイは耳を傾けはせずに雑木林を駆け抜ける。

「あの馬鹿が！ 何しやがるかと思いきやよぉ!!」

このまま突っ切れば滝に辿り着くだろうと、水の叩きつける音を頼りにキョウスイが走り出す。嫌な予感が的中しない事を信じて。

「滝壺に飛び込む気かぁ！ ユートぉ!!」

考えうるユートの奴らを撒く手を叫びながら、キョウスイはリルディアの滝に向かった。

雑木林を抜けた先、ユートの目の前に現れたのは力強く流れる幅広い川だった。そして少し先には川が途切れて、開けた景色が見えている。つまりここがリルディアの滝だろうとユートは確信した。

川へと歩み寄ってから近場で屈み、ユートはその水面を見つめる。透き通り流れの早い水が流れ、底の砂利や川魚がくっきりと目に映り、微かにだが自身の顔を映してもいる。少し汗をかいたのか、頬や額には雫が垂れていた。

この水で顔を洗えばさぞ気持ちいいだろうとは思ったが今はそうはいかない。すぐにユートは立ち上がると滝へ走りだした。その時。

「見つけたぞ、ユートォ!!」

ユートを覆うように、翼竜の影が現れた。そして真上には怨敵、勇者レンと誰かは知らぬが中年の騎士が何か思うような表情をしてこちらを見ていた。

「来たかハリボテ、ならば追ってみろ!!」

やはり来たかとユートは歓喜して、さらには挑発の言葉を発すると滝へと走る。

「バルドー! ワイバーンにブレスを吐かせろ!!」

「ブレス!? 辺りの草木に延焼しますぞ!!」

「構わん、奴を燃やせ! 灰にしてやれ!!」

挑発を聞いた勇者レンは、ワイバーンを操るバルドーにブレスを吐かせるよう命令した。ワイバーンの放つブレスは確かに強力だ、しかし辺りには草木と雑木林がありただでは済まない。いや、勇者レンはただで済ます気など毛頭無かった。

バルドーは勇者レンの命令を聞くと、ワイバーンの首の根元を軽く叩いた。すると翼竜は強く息を吸い始め、目標であるユートを睨みつける。口の端から炎が滲み出し、そして口が開かれた刹那、翼竜の口から炎のブレスが放射された。

「おおぉぉあぁっ!?」

炎が空気を揺らす特有の音と背中に感じた熱気に、ユートは素早く前転した。地面に転がりほんの少しだけブレスが吐かれた場所に視線を移すと、生えていた草が黒く墨色に、小石や砂利が熱を持ち赤くなっているのを目撃する。

よほど此方に怒りや憎しみを持っているのだとユートは感じた。だが、ならばそれで良しとユートは立ち上がり、再び滝へ向かって走った。

「追いついたぞ、大罪人を逃がすなぁ!!」

「捕まえて処刑台だぁ!!」

「痴れ者め！　勇者に刃向かった自分を怨みなさい!!」

さらに増える翼竜の羽ばたく音や、ユートを捕まえんとする者たちの叫びに、まさか本当に全員を引き連れて来たかとユートは心の中で拳を握り、ニヤリと口を笑顔に歪ませる。

どうやら勇者レンは、自分の恨みを晴らしたいが為、本当にワイバーン部隊全てを此方に向かわせ、キョウスイ達には手勢一人割いてない様子がユートには分かった。

ならばやる事は一つと、滝へ辿り着いた瞬間ユートはその場で止まった。

「どうやらここまでだな薄汚い傭兵！　全体止まれ、竜から降りて奴を囲め!!」

ワイバーンに跨る勇者レンが、リルディアの滝のまえで止まったユートを見てそう叫ぶ。最早バルドーを無視して自分がさもワイバーン部隊の隊長かのように号令を下した。しかも、勇者の号令となれば兵士皆が付き従う。数十匹の翼竜がその地面に降り立ち、ある者は槍を構え、剣を抜き放ちユートを囲もうと走り出す。

それを見たユートは、焦りもせずにその川の中へと足を踏み入れた。靴は濡れ新しく購入したジーンズも濡れたが、気にせず川の中へと入って行く。川の深さは程々にあり、ユートの膝の上までを濡らす程度の深さがあった。

そしてワイバーン部隊が、ユートを滝の流れる近くへ追いやりながら、ついに半円の陣形で囲んだ。それぞれが得物を光らせジリジリとユートに近づいていく。

「気分はどうだ？　薄汚い傭兵よ……」

そして半円の陣形を割って川の水をザブザブと鳴らしながら勇者レンが、その後には仲間であるメルディィ、リッド、ユキナが着いていく。最後に隊長バルドーが半円の陣を割って入った場所に立ちふさがった。

囲まれて逃げ場の無いユートに、悠々とレンは近づいていく。そして腰に携えた剣を抜き放ち、ユートの喉元へと突きつけた。その顔は立場を逆転して勝ち誇ったような笑み一色となっている。

「仲間を救ったが為にこんな最後だ、かっこ悪いなぁ、ユート？」

喉元に突きつけた剣の先が喉へ触れる。切っ先がプツリと皮膚に刺さり、そこから小さな一筋の血が流れ出した。しかし、それでもユートは勇者レンを何事も無いかのように見つめる。

「どうした、怖くなったか？　なぁに大丈夫さ、すぐには死なせない……十分に嬲《なぶ》ってから……」

「今までのお前に比べたら十分さ」

嬲り殺すと言い掛けたレンに、ユートはそう言って言葉を遮った。ピクリと勇者の身体が少し揺れ、その笑みを壊し怒りの表情を作り出す。相変わらず乗せられ易い奴だと、ユートは毎度同じ反応に胸中、失笑で埋め尽くされた。

「何だと？　貴様、その口でもう一度言ってみろ……」

ならもう一度言ってやるとばかりにユートは強く言い放つ。

「二度も同じ奴にやられて、のうのうと生きながらえている奴よりか、仲間の為に命を張る方がましと言ったんだ」

「僕なら耐えれないね、二度もやられて、さらに生き恥を晒すのは……あるのは嘲笑だ。お前が僕に負けて何人笑ったやら」

「く、口を慎みなさい痴れ者！　貴方、今の状況がわかっていて!?」

ユートの吐き出す侮蔑の言葉にメルディはカンカンに怒り出し、杖を向けて強く言葉を吐き出した。さらに今自分のある状況を分からせてやると、杖に魔力を集め詠唱を始めようとした。

しかし、次にユートが放った一言と共に、メルディは見えてしまった。

「黙れ」

たった一言だった、そのたった一言がメルディを凍りつかせた。まずメルディは自分の耳を疑った。ほんの一瞬、黙れと一言喋っただけなのに、メルディの耳には雑音が入って聞こえた。

そして、ユートの身体に確かに見たのだ。ユートの胸元、赤い宝石をあしらえたネックレスから太い、この世には無い色の、見た事の無い色の触手がズルリと這い出したのを。

「ひっ……」

メルディは、知ってはならない、見てはならない何かを見てしまいそうになり身体が凍った。杖を握る手が震え、歯はまるで極寒の大地にいるかのようにカタカタと音を鳴らす。

しかしユート本人は、一体何があったのか知らず、たった一言で黙るとは肝の小さい奴だとメルディを見るのをやめた。さて、続きに行こうとユートは剣を突きつける勇者レンに向き直った。

「勇者レン、やはりお前はハリボテだ……何も力も無いただ、勇者という称号を支え木にして立つハリボテだ」

「ま、まだ言うか薄汚い傭兵め！　第一貴様に逃げ場など無い!!　今ここで嬲られて捕まり、処刑台に行く運命しかない!!」

やはり、勇者レンはユートの挑発に怒りを露にした。だがしかし先程と同様、すぐに斬り殺すなりすればいいというのに、勇者は剣を一振りすらしない。

さらに言えば、ユートは追い詰められたわけでも無ければ逃げ場を無くしたわけでも無い。逃げ場は十分にあるのだ。

「全く成長もしなければ進歩も無しだな？　さらに言えば運命ときたか、勇者レン……ハリボテが運命を語るな！」

　そうユートが吐いた刹那、ユートは川の水を右足で蹴り上げて跳ねあげた。

「うぶあっ⁉」

　右足で跳ねあげた水は勇者レンの顔を濡らして視界を塞ぐ。それが合図とばかりにシェイン王国の騎士達が、リッドが、ユキナが動き出した。勇者がやられると、勇者レンを守ろうと動き出した者たちを尻目に、ユートはゆっくりと背中から倒れて行く。

「そんなに僕を殺したいなら着いて来いハリボテ！　ただし、その度胸があるならなぁ‼」

　その先は、リルディアの滝。ゆっくりとした景色の中で誰もが勇者レンを守る中、滝へ飛び込むなどという愚行はしないだろうと思っていた騎士達、リッドが驚きの表情を見せる。

　これで騎士達は撒いた。後はこの滝の岩場なりに捕まり岸からキョウスイ達と合流しようとユートは算段していた。

　しかし、誤算が一つだけあった。滝へ落下する中、自分の真上に降り立つように白い服を着た者が一緒に落下しているのだ。

「――はい？」

　気の抜けた声を出したユートは、落下している者を確認する。白い服を着た者はあの騎士達や勇者レンの仲間の中で一人しか居なかった。

　そう、ユキナだ。何故か分からないがユキナだけが落下してきているのだ。

「な、何の冗談だぁあああああ!?」

「きゃあああああああああ!!」

二人は叫びながら、リルディアの滝へと落下した。

第三章

目覚めゆく異形

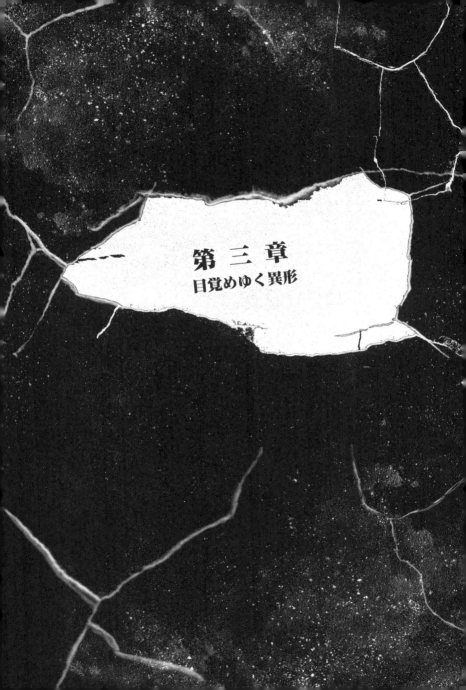

さて、一体なぜユキナだけがユートと共に落下する事になったか説明しよう。ユートはまず逃げ道として滝に飛び込む事を選んだ。その際にユートは勇者レンに隙を作る事を考えて川の水を蹴り上げて勇者の視界を奪い、そのまま背中からゆっくり倒れるように落下した。

勇者に向かいユートが起こした行動は、騎士団全員が勇者レンに意識を向かせるという効果もあった。その為に、騎士達は勇者レンを守ろうと勇者レンへと近づいた。結果、皆勇者を守る事に気を取られてユートに見向きもしなかったのだ。

だが、ユキナだけは違った。ユキナはユートが水を跳ねあげた後に『勇者を斬り殺し、それでから逃げおおせるのでは？』と、皆と違う思考がよぎったのだ。

そもそもユートは、勇者一行に皆殺しの口上を上げている。ユキナはそれを聞いたが為にそう考えてしまった。ユキナは自らの得物であるロッドでユートの繰り出すだろう予想した一太刀を受け止めようと一人飛び出したのだ。

その結果、ユートが落下していく最中にレンに浴びせるであろう一太刀を止めるようと飛び出したユキナの身体は、勢い余って水に足を取られて滑り、一緒に落下してしまうというドジを踏んだのだった。

「いやぁあああああ!!」

上から絶叫を上げて落ちて来るユキナを見ていたユートは、いつの間にか景色が泡に消えるのを感じた。身体に来た確かな衝撃は自分が水の中に飛び込んだ事をはっきりと伝え、透き通るような水中は底の石や水草がしっかりと見える程透明だった。

身体がある一方に向かっている感覚に、ユートは流されている事を悟る。リルディアの滝は三段になっており、今飛び降りたのは一段目の滝だ。次いでまた二段、三段とこの滝はあるのだが、ユートは焦っていた。まさかユキナが落下してくるとは思わなかったからだ。

「がぼっ！　ぶっはあぁっ!?」

ユートは素早く水を力強く掻いて水面に顔を出し息を吸った。着衣のまま水に入れば衣服は水を吸って重くなり、ユートの自由を奪う。だが、それは少年も承知の上だった。

しかし、すぐにでも岩場に捕まるなりしなければならない。リルディアの滝は、滝を下る度に川の流れが増して強くなる。そして最後の滝は非常に高く、無事では済まないのだ。

流れる中、ユートは近くを通った岩場に腕を巻きつけようと腕を伸ばす。何とか岩を掴み両腕でしっかりとしがみ付こうとした。だが……。

「いや！　助けてぇ!!　いやぁああ!!」

「わぁあっ!?」

後に落下したユキナがパニックからユートにしがみついた、その衝撃からユートは岩場を離してしまい再び流されてしまった。

「お、おい暴れるな！　おちつがぶばばばば!?」

ユキナのパニックは凄まじく、ジタバタと手足を掻き捕まったユートを、岩か何かと勘違いして抱きつき、水面から上がろうとユートを川に沈める形で肩を真下に押す。無論、沈められたユートは突然の事に驚き息を吐き出してしまい、溺れ掛けてしまう。

「〇¥♯☆〇＊⁉」

ユートもまた必死に水面から顔を出して息を吸おうとする。しかし不幸は立て続けに起こるものだ。その瞬間にユートとユキナはまた落下する感覚を味わった。

「きゃあああ！　きゃあ！　きゃあああああ‼」

「うぉぉおっ！　く、くそっ⁉」

二段目の滝は緩やかだった為か、そこまでの衝撃は来なかった。だが、ユートはその身体に凄まじい水流の力を感じて焦燥感が増した。

さらに、流れつく先を見てユートは青ざめる。ユートはその目で、滝の先に切り出した崖を見たのだ。崖が見えるという事は、三段目の滝は相当な高さなのだと理解する。

まずい。

流石にユートはそう呟くと辺りの岩場を探す。もしくは何か掴める場所は無いかと探した。しかし岩場は全く見当たらず、岸までも遠い。さらに、ユートの身体を掴むユキナもパニックで抑えるのが精一杯だった。

「冗談だろ……」

滝はズンズン近づいて来る。しかし解決策は全く無かった。ユートは楽観視をしていた自分に溜息を吐いた。この滝を下れば誰もが追ってこないと高を括り、飛び降りてみれば一人付いて来た。

さらに、付いて来た僧侶の慌て様から、足を踏み外して不本意に落下したのがわかる。そういえばこの子は、ホシミツ山で会った際にも落下して来たなとユートは思った。

あの時と同じ、とまではいかないがユートは僧侶ユキナを暴れないようにしっかりと抱きしめた。最早運に身を任せるしか無いとユートは腹を括る。

そして、ユートとユキナは三段目の滝から真っ逆さまに落下していった。

×

キョウスイが走り、辿り着いた先は、切り立った崖だった。目の前に広がるのはリルディアの滝の絶景。三段の滝になっているそれを見たキョウスイだが、絶景に心奪われる暇は無い。辺りを見回したがユートの姿も無かった。

「キョウスイ！　何いきなり走ってんのよ!!」

「ユートはぁ？　ユートはどこだぁ!?」

キョウスイはランジェの言葉に耳を貸さず、辺りをしっかりともう一度見回した。そして前方の斜め上方、滝の始まりの川に物陰を見つけた。大人数の物陰にキョウスイの心が冷える。

「あれはぁ……王国の奴らかぁ？　じゃあ、ユートはぁ？」

川に足を入れているのをキョウスイは目視で確認し、そこからユートが追い詰められて本当に滝壺に飛び込んだのかと想像した。

「キョウスイ、一旦隠れましょう?」

ランジェはそんなキョウスイの手を引いて一度雑木林に戻った。気づかれて、また追われるのは溜まったものではないからだ。キョウスイも少し焦りを感じた自分に落ち着きを取り戻す為に、ランジェに従った。

「火を……」

落ち着きを取り戻すならば、煙草だとキョウスイは自らの愛用するキセルを取り出して口に咥えた。

ランジェがキョウスイのキセルに火を付けるとキセルから煙が漂い始める。

「おいおいシニョール、相変わらず足が早いね、いったいなぜ走り出したよ?」

雑木林の中から、やっと追いついたアヴェールが軽口を叩きながら二人に近づく。キョウスイは深刻な表情を見せ、それを見たアヴェールは軽口を慎むように黙った。

キョウスイが口からキセルを離し、煙を吐き出す。煙は空中に漂いながらゆっくり消えていき、その煙がすべて消えてから再びキセルを咥える。口の端で咥えて奥歯で吸い口を噛みながら言った。

「ユートがぁ、リルディアの滝にぃ飛びこんだかもしれねぇ」

それを聞いたランジェは、一度黙り込みはしたが少しして溜息を吐いた。

「馬鹿をしたわね、ユートちゃん……」

以前にも似たような事をしでかし、二人は彼を馬鹿だ馬鹿だと散々に罵った事を覚えている。

「どうするよぉ、合流できんのかぁ?」

「う〜ん？　まさか滝に落ちるのは予想しなかったから……」

「いやいやいや、シニョーレにシニョーレちょっと待った！　バンビーノの安否が先じゃない!?」

二人が続いて放った言葉を聞いてアヴェールは焦る。普通滝に落ちたなら合流の心配より、生死の心配をするのが先の筈だ。それでキョウスイは焦り、滝に向かったのなら分かるが、生存を前提で合流の話を始めるキョウスイとランジェにアヴェールは制止を掛けた。

「まぁ、生きてんだろぉ……」

しかし、キョウスイは制止を無視してユートは生きていると断言した。アヴェールは『まじかよ』とキョウスイの断言を聞いて唸る。

「それにしてはキョウスイ焦ってたわよね、ユートちゃんが心配？」

「まぁ……正直なぁ……山の件もあったしよぉ」

だが、やはり先ほどの焦りからの疾走はユートを心配してからの行動だと聞いて、アヴェールはほっとした。それでも、ユートと早めに合流しなければいけない事に変わりはないが。

「で、どうするよシニョール……バンビーノをどう探し、どう合流するよ？」

近場の雑木に背中を預けて休みながら、アヴェールはキョウスイに伺った。しかし、キョウスイはキセルを吸うばかりで何も答えはしない。これにはアヴェールも、彼には考えなんか一つも無いと悟ると溜息を吐いた。

「そうね……とりあえず探しましょ？　何か分かるかもしれないし」

「それしか無いかいシニョーレ、じゃあ……滝の辺りから探そうか？」

何も考えが無いなら、手探りしか無い。ランジェの言う通りとアヴェールが賛成をすれば、キョウスイもまたキセルの中の煙草を地面に払い出して踏んで火を消した。キョウスイ達は雑木林を戻りながら、ユートを探し始めた。

✕

最後の滝を下った先、大きな音を鳴らして落ちてくる水流は、地面を削り池を作り出していた。その中から、身体を濡らした少年が岸へ這い上がってくる。ユートは生きていた。高所から落下したにも関わらず、身体を水の衝撃による打ち身という軽傷のみで済んだのは奇跡である。

身体に来る痛みと疲労にぜぇぜぇと息を吐くユート。その後ろにユートは勇者の仲間であるユキナを背負っていた。

滝壺に落ちた先には広い空間があった。岸から上がったユートはまず辺りを見回した。小石で歩きにくい地面、辺りに草木は生えていない。

腐敗した倒木もあれば、日晒しになり乾いた木もある。滝の流れて行く先は池があり、その先は川となり、また南東の方角辺りにのびている。落ちて来た滝を見上げたが、相当な高さで、登るのは無理と見た。

とりあえずユートは、その石が転がる地面に背負ったユキナを下ろした。どうやら気絶しているらしく、ぐったりとして先程から身じろぎ一つしない。

「ほら、ねぇ、起きな……よ!?」

ユートは声を掛けて気つけをしてみようと、彼女の方に振り返った。そして驚いて、さらに赤面してしまった。

ユキナが身に纏う白い服は身体に張り付き、くっきりと身体のラインを写し出していたのだ。細い腰のくびれに暖かそうな肌、さらには着ているピンクの下着が服の上からでも見えていた。

そしてユートもまた男。ある一点を見てしまい声を漏らしてしまった。

「ら、ランジェさんより大きくないか?　これ!?」

それは胸、である。あられもない姿の倒れた彼女の胸の大きさにユートは赤くなり、顔に熱がこもり始めた。ユートは二、三度だが、ランジェの裸なり下着姿なりを見たり見せられたりしている。しかし、ユキナのそれは格段に大きかった。

何を考えているのやらと、頭を左右に振って雑念を払うと、ユートはもう一度彼女に声を掛ける。

「ほら、起きなよ、起きなって?」

二の腕辺りを持ち揺さぶりながら声を掛けるが、一向に反応が無い。気絶にしては起きないなとユートは違和感を感じた。

そして、すぐさまある事に気付いた。滝の落ちる音で聞こえなかったが、ある物が彼女から発せられてなかった。それは呼吸である。呼吸の音が全く聞こえなければ胸部の上下の運動も無かった。

まさかと、ユートは左手をユキナの口もとにかざしてみた。手には呼気は感じられなかった。

「こ、呼吸してない？」

それに気付いたユートは血の気が引いた。いかに敵同士とは言え、ユートは一度知らずにユキナを救った。見殺しもできるが、それはユート自身、心に遺恨を残す。それを知らずか突発的にユートはユキナに心肺蘇生を行う事にした。

以前もユキナに簡単な治療を施した通り、ユートは応急手当てなどの方法もしっかりと頭に入っていた。ユートはまず心音を確認する為に、ユキナの胸元に手を当てる。

心音はしっかりとしたリズムを刻み正常だった。心音が無いなら胸部を圧迫する必要があり、すぐにでもマッサージが必要だがその心配は無いと少年は判断した。

自立呼吸は出来ず、意識も無いが心音は正常と纏めると、ユートは倒れるユキナの右腕の方に屈み、顎を右手で軽く持ち上げ、左手で彼女の額に触れながら人差し指と親指で鼻を摘まみ、吹き込む息が逃げないようにする。

そして口を開かせ、躊躇わずにユートはユキナの口を自分の口で塞いだ。

✕

リルディアの滝では、勇者レンがその滝を見下げる。勇者レンは水に視界を奪われたあの一瞬の内に姿を消したユートが、滝に落ちたと兵士に聞き、それから滝をジッと見つめていた。

背後には共にユートを囲んだ兵士、バルドー騎士隊長、仲間のリッドとメルディがその背中を見つめていた。

「ユキナも……落ちたのか？」

誰に聞いたかも分からないレンの呟きに、皆が顔を見合わせる。早く誰かが応えろという雰囲気を誰もが醸し出す中、リッドがレンに言った。

「落ちたよ……、レンを護ろうとしてな」

リッドは、ユキナがいち早く彼の前に立ちはだかったのを見た。恐らく目くらましからの一撃を予想しての行動だが、あては外れて勢い余って落下したとリッドは感じた。

「そうか……」

それを聞いたレンは、ただ振り返り滝に背を向けて歩き出した。ザブザブと水を掻き分けてこちらに向かってくるレンに、リッドは険しい表情で行く手を遮る。

「何のつもりだ、リッド？」

「それはこっちが聞きたい。レン……ユキナを探すんだよな？」

リッドはレンに、当たり前のような感覚で聞く。しかしレンは、何を馬鹿なと平然な顔で言って見せる。

「この滝で助かるか？　ユキナが……あの薄汚い傭兵ならしぶとく生きてるだろうが、ユキナは助からないだろ、薄汚い傭兵の仲間を探して討ち果たすのさ」

そう聞いたリッドはギリリと歯を軋ませて、勇者のライトアーマーの下に着た服の首元を掴み睨みつけた。

「リッド様!?　落ち着きなされ!!」

「ざけんじゃあねぇぞ！　レン、テメーその薄汚い傭兵に散々に言われたろうが!!　助けに行くなり、手向けをするのが当たり前だとなぁ!?」

襟首を掴み怒りをぶつけるリッドに、後ろに居たバルドーが平静になるようにと言うが、聞く耳持たずにリッドは勇者レンを問いただした。

「リッド、今なら許してやる……あの薄汚い傭兵の話を取り下げて謝れ」

「謝れ？　寝言抜かすなよレン！　テメー勇者だろうが!!　仲間に手向けもなけりゃあ探す気もねぇ奴がぁっ!?」

その瞬間、リッドの左頬に衝撃が走り体が川に沈む。見ればレンの籠手を纏った拳が振り下ろされている、レンは仲間のリッドを殴ったのだ。

何しやがると文句の一つを言い放とうとしたリッドだが、冷たい眼差しを見せる勇者レンに今度は襟首を掴まれて睨みつけられた。

「いいかリッド、勇者はな……魔王を倒せる唯一の存在だ」

「それがどうした？」

「勇者は魔王を倒し世界の平和を取り戻す救世主だ。僕は進まなきゃいけないんだよ、立ち止まれないんだ……ましてや仲間の命一つ如きで泣いたりできないんだよ。泣く暇があれば洗礼を受け、魔王を倒す力をつけなきゃいけないんだ」

冷酷で非情なレンの言葉にリッドは凍りついた。それは悲壮な覚悟だった。レンは人類の希望であり勇者。魔王を討ち果たし世界の平和を取り戻す救世主。だから尚更立ち止まれないのだと言う。早く世界の平和を手に入れたいが為にと非情になると言った。

「それに、ユキナも魔王を倒す勇者の仲間……半ばで死ぬ覚悟もできてるさ。じゃなきゃあ連れて来ない」

レンはリッドの襟首を離してその横を通る。リッドは立ち上がるが胸の内に出来たつかえに歯噛みしてバルドーや、ワイバーン隊に話をするレンを見て『わからねぇよ』と呟いた。

そして、ふと立ち尽くすメルディを見つけたリッドは彼女が震え上がっている事に気づく。

「お、おいメルディ？　どうしたよ一体？」

そういえば、さっき勇者に突っかかった際にもこいつはいつも通りの狂信的な反応を見せなかったとリッドは不信感を抱く。勇者様の襟首を掴もう物なら魔法の一つや二つ飛んで来るのは覚悟していたリッドだが、彼はメルディに近づくと、異常なほどの震えを見せる彼女を見て心配した。

「どうしたよ、メルディ……何があった？」

メルディはまるで関節の滑りが悪くなった古びた人形の様に、ギギギと顔だけをこちらに向けた。

その表情は恐怖一色に染まり上がっていた。

「駄目……勇者様……あの薄汚い傭兵と戦ったら」

生気の無い、輝きを失った瞳で魔法使いメルディが呟いた。

口から口へ移された空気は、彼女の胸をゆっくりと少しだけ膨らませる。ユートは口を離してから鼻を摘まむ指を離してまた胸を見た。先程空気を送り込んで膨らんだ胸が萎み、彼女の口から息が吐かれた。

これは、人工呼吸が正しく出来てるかの確認だ。空気を送った際に対象の胸が上下するか、ちゃんと息が吐かれるかを確認する為であり、決してやましい事ではない。

決して！　やましい事ではない‼　と自分に言い聞かせたユートは、もう一度鼻を摘まみ口を塞ぐ。

「んっ……ふーーー」

吹き込む息は大体二秒程、それをゆっくりゆっくり彼女に吹き込んでいく。自立呼吸が復活するまで続けなければならない。呼吸が復活しなければ心停止が待っている。死ぬ可能性が高くなるのだ。

二度、三度、四度と繰り返すが呼吸は始まらない。

本来なら見捨てていい相手だ。勇者の仲間である彼女なんか見捨てて、一人助かればいい話だ。だけど少年は必死で彼女を助ける。

「あいつの、ハリボテの仲間だけど……死なれるわけにはいかないから、だから、さっさと起きて！」

五回目、優しく彼女の唇を塞ぎゆっくり空気を送り込んだ瞬間だった。

「ぐぶっ!?　がぼっ!!　げほっ！　げほっ!?」

ユキナは口から水を吐き出し、咳き込んだ。自立呼吸が復活したのだった。

×

深い、暗闇の底に彼女は居た。まるで海で溺れているのに抵抗もせず身を任せて、そのまま楽になってしまおうとばかりの感覚。身体の沈み込む感触に彼女は這い上がろうともがいた。

だが、身体は沈み込むばかりで一向に浮き上がる事はなかった。ふと、真上を見る。そこには勇者がこちらを見下ろしていた。彼女は助けを借りたいと手を伸ばすが、勇者は冷たい瞳のまま見下ろすと、身体を翻し遠くへと歩いて行く。

見捨てられたと理解した彼女は全てを諦め、もがくのをやめた。深く、深く沈み込む身体の力は抜けていき、やがて安心が身体を包み込む。

このまま死ぬんだと彼女が目を閉じた瞬間、水面が激しく揺れた。誰かが飛び込んだような激しい水の音に、再び彼女は目を開く。そこには、小さな傭兵がその華奢な彼女の手を掴み水面へ、光へと引き上げる姿があった。やがて、光が強く大きく輝いて、彼女は目を覚ました。

パチパチという、何かの音を聞いてユキナは目を開く。身体には暑い程の熱が晒され、身体の上に何かが乗っている感触もあった。目の前で煌々と赤く燃える焚き火の先に、彼の姿があった。

そして、ユキナの身体には彼が着ていたコートが掛けられ、近くには彼の着ていたインナーが干してあり、少年は上半身裸で焚き火に当たっていた。

「んっ……」

ユートはあの後、濡れた身体や衣服を乾かし温める為に火を起こしていた。滝の近くの為に濡れた木が大半だったが、日晒しになり乾燥した草木もあった為に火起こしに難は無かった。

「あの……」

ユキナは火を見つめるユートに声を掛ける。起きた事に気付いていなかったのか、ユートは突然ユキナから掛けられた声に気付いてピクリと体を震わせた。

「起きたんだ？」

「え、えぇ……はい、あの……」

ユートはたった一言放っただけで、ユキナは何を話せばいいのかと悩んだ。だから彼女は自分の身に何が起きたかを思い出す事にした。確か目の前の少年がレンに水飛沫《みずしぶき》で目潰しを行い、レンが斬られると感づいた私は彼を守ろうと目の前のユートと対峙しようとした。

しかし、ユートはレンに斬りかかりはせずに滝へ自分から落ちたのだ。そして、自分の足が川の水に取られて滝に真っ逆さま。その後は必死で暴れて助かろうとして……。ユキナが思い出せたのはここまでで、何故寝ているのかも、何故敵である彼と二人きりなのかも分からなかった。

「ここ、どこですか？」

何とか整理ができたユキナは、まずユートにここは何処なのかと聞いた。ユートはそれを聞くと、一度ユキナに目を合わせてから、再び視線を外し、傍にあった枝を地面に突き立てる。枝には少年が取ったのであろう魚が刺されていた。

「滝の落ちた先にあった洞窟だよ。僕が落ちて逃げたら……何故か君も一緒に落下して来たんだ……」

なるほど、とユキナは納得した。つまりまた彼に助けられたのだとユキナは理解した。ならばお礼を言おうとユキナは改めて頭を下げるために、立ち上がろうとした。

しかし、ある疑問が頭をよぎった。確か、自分は川で暴れた後に意識を失ったのだ。しかも水を多量に飲んだのを思い出す。あの息苦しさは確かにそうだと、ユキナは確信した。

「あの、私溺れましたよね？」

「うん、溺れて……あっ……」

溺れてたと言いかけた少年は、ある事に気が付いて動く口を止めたが遅かった。溺れたと分かって彼女を救ったなら、処置が必要だった。つまりその処置はあの方法であって……つまり。

「えっと、その……じゃあ、あの、貴方は……」

どんな処置を施されたか想像して、ユキナは唇を抑えて赤面する。それを見たユートもまた赤面してそっぽを向いて言った。

「察してよ……処置がそれしかないんだから……」

恥ずかしそうにユートは呟くと、干していたインナーを乱雑に取って着込む。その背中を見たユキ

ナは驚いた。

背中一面に出来ている傷跡。特に大きなものは三本の直線で抉られた傷だった。それも驚いたが、さらに背中の筋肉は、一つ一つの線がしっかり浮き出る程に鍛え上げられている。とても同年代の身体つきとは彼女には思えなかった。

こんな身体ならレンが敵わない訳だと、ユキナは納得する。最早身体からして差が付いていた。剣の修練や強さだけの問題では無いとユキナは理解した。

「あまり見ないでよ、見てもなんも無いしさ？」

そんな背中への視線を感じて、ユートはユキナに注意した。背中がズタボロなのは見られて気持ちいいものではない。言われたユキナも視線を外す。

「しかし……アンタも肝が据わってるね」

「えっ……何故ですか？」

ふと、ユートはインナーを着込みながら呟いた。仮にも先程皆殺しの口上を上げ、更には勇者を殺しに掛かった自分に、こうも話しかけるのは肝が据わってると見える。

「勇者を殴り倒した、いわば大罪人だよ？　僕は……それなのに無防備過ぎじゃないかな？」

少し悪態をこめてユートは言葉を吐いた。何故込めたかは自分にも分からないが、しかし自然に悪態が混ざった言葉を言ってしまう。だが、ユートの捻くれたような態度にユキナは別に怒るわけでも無く、むしろにっこりと笑って言い返した。

「その大罪人にしては、三度も私を助けてくれて大変優しいのですね、貴方は」

これにはユートは堪らず黙ってしまい、気恥ずかしさに舌打ちをして川辺に座り込んだ。相変わらず滝は勇壮な存在感を表し、激しい音を立てて水を打ち付けている。

「それで、なんでレンを殴り倒したのか聞かせてくれませんか？」

しかも、何の脈絡も無くそのような事を聞いて来た。ユートは、この子は本当に呑気ではないかと、危なっかしささえ感じた。先程勇者レンから注意を引く為に、こちらに杖を振り下ろしたのも、いち早く勇者を護ろうとした姿も今の彼女からは想像が出来なかった。

「聞いたところで信じないでしょ？」

「信じるか信じないかは、聞いて考えます。だから聞かせてください」

信じる気は無いだろうと突っぱねてはみたが、頑なに聞こうとする態度は崩れはしない。これはいくら突っぱねても話すまで続くとユートは感じ、焚き火の傍まで戻り地面に座った。

「分かったよ、聞きたい事聞きなよ？」

✕

ユートがユキナになし崩しに勇者の件を聞かれる中、キョウスイ達はユートが生存していると信じてロマルナ方面である南方に歩を進めていた。

「シニョール、一つ聞いていいかい？」

「手短かになぁ、ゲイ野郎ぉ」

辺りの草木を踏み、朽ちた大木を乗り越えながらキョウスイにアヴェールが質問をすると、手短かにとキョウスイは頼んだ。

「なして……わざわざ街道沿いの林の中を通るんだい？」

「シェイン王国の奴らに見つからないためよ？」

キョウスイ達は地図に示された街道ではなく、その傍にある林に入りながら歩いていた。しかも左を見れば近くとまでは言わないが、街道が見える範囲の所をわざわざ歩いている。

それを不思議に思ったアヴェールがキョウスイに聞いたが、答えが返って来たのはランジェからだった。

「つーことだぁ、ゲイ野郎ぉ……」

ランジェが説明したが為に、キョウスイが言ったのはその一言だけだった。アヴェールは理解して成る程と、心中呟いた。

しかし林の中は中々暑いなと、手で顔を仰いでいると、前を進んでいたランジェがピタリと止まった。

「あら、これは……」

「どうしたよシニョーレ、谷間の汗ならお兄さん喜んで拭くけど？」

「間に合ってるわ」

少しの冗談を交えながら、足を止めたランジェに何があったのかとアヴェールは聞いた。そんな彼女は、真下の地面をじぃっと見ている。

キョウスイも足を止めたランジェに気付いて引き返すと、何があったのかと彼女を見た。

「どうしたぁランジェ？」

キョウスイの問いに、ランジェはその場にちょこんと座り地面に触れた。まるで何かを見つけたような動きに、キョウスイとアヴェールが様子を見守る。

「この地面の下、洞窟になってるわね？」

「洞窟？　んなことまで分かるのかい、シニョーレ？」

ランジェが、今自分達の歩いている地面の真下が洞窟になっていると言うのだ。アヴェールは何故そんな事が分かるのかと、疑問になり聞いた。

「真下で誰かが魔法を使いながら歩いてるの、しかもこれは……光の魔法かしら？」

「ランジェ、まさかぁマナの流れを掴んだのかぁ？」

マナは、魔法を使うために消費される大気中の見えない物質。または人体に蓄えられた魔力等、色々な表現がある。ランジェは踊り子ではあるが魔法も使え、彼女は魔力そしてマナの流れを感じる事ができた。

「そうみたい……あら？　誰か傍に居るわね、二人で行動してるのかしら？」

そんなランジェが、真下で誰かが魔法を使っていると言うのだ。しかもそれが、光の魔法とも。

「おっと？　光の魔法は才能の一つ、僧侶へ就職できる魔法じゃないかな？」

ふと、ランジェが言った光の魔法という単語にアヴェールは反応して呟いた。光の魔法は努力で体得は出来ないらしく、才能のある人間が生まれ持って使える魔法。ならば、真下には僧侶の誰かが、別の人間と行動してるのが皆理解できた。

「ランジェ、もっと詳しく分からねぇかぁ？」

「そこまで詳しくは無理ね、ただ……光の魔法を使う僧侶が真下で誰かと、南に進んでるのが分かるわ……境目？と言うのかしらね、全く魔力を感じない空間が動いてるのよ、光の魔法が発せられる近くでね？」

「僧侶かぁ……しかしなんでまた洞窟にぃ……」

「僧侶って事は……多分……ユキナちゃんじゃあ無いかしら？　あの追手たちの中で僧侶となれば彼女しか浮かばないわ」

「まぁ、とりあえずはぁ進もうかぁ？　真下に居る野郎と鉢合わせするかもしれねぇからなぁ？」

ともかく、誰かが真下を通過しているのは分かったとなれば、どこかでぶつかるかもしれぬとキョウスイは二人を引き連れ、歩くこととした。

✕

「さ、脱出するか」

「そうしましょうか？」

「えっ？」

「はい？」

焚き火に当たり、服を乾かしたユートは立ち上がる。傍に同じ様に座るユキナもまた立ち上がった。

しかし、ユートは一体なぜとばかりに、自分に同意して立ち上がるユキナを見た。

まるで一緒に脱出するのが当たり前とばかりの反応をしたユキナに、ユートも少したじろぐ。ユキナもまた、一緒に脱出するよねと同意を求めるかのような雰囲気を醸し出していた。

「やっぱ……アンタ、相当な大物だよ」

「勇者を殴った貴方が言います？」

ユートは少し呆れ交じりに呟きながら、改めて辺りを見回した。目の前にある池と、落ちてくる荘厳な滝。まず、登るのは無理だと分かる。しかし周りは岸壁に囲まれており、登ろうにも素手では険しすぎる程高かった。

「じゃあ、残るは……」

「あれしか無いですね？」

二人は、川辺の先にのびている薄暗い空間を見た。落下した時にも目に入ったが、洞窟があるのだ。岸壁が登れない以上、選ぶ道は一つと、ユートはその薄暗い洞窟へ歩み始めた。

「で、聞いてどうだった、僕が勇者を殴り倒した話は？」

ユートはユキナが聞かせてと言った、勇者との顛末《てんまつ》をすべて話した。レンがパレードでまだ小さな子を蹴飛ばした事、勇者という立場でありながら、その子を蹴飛ばして異端者に祭り上げた事。そして、自分の両親がそんな勇者の為に殺されたのが許せなかった事。

少しだけ、ユートは楽になれた気がしたのだ。胸中をあんなに、血涙を流す程まで吐き出した事は無かったし、ユキナはその事を最後まで聞いてくれた。別にそれで彼女が勇者の肩を持とうと関係など無い。信じられなくて当たり前と、ユートは思っていた。

この世界が勇者の為に出来ているなら、彼女は勇者レンの肩を持つだろう。元からそう考えていたユートは洞窟の前で足を止めた。

「どうしました?」

「やけに暗いな、また火を起こさないと……」

ユキナの問いにユートは洞窟の先を指差して、その暗闇に向けて足元の砂利を蹴った。洞窟は一寸先は闇と言える程に暗く、とても肉眼のみで進むには難しいと分かる。それならば、火を使えばいいのだが先程起こした焚き火はもう消えていた。

「はぁ、また火起こしして松明でも作ろうか?」

そう言うとユートは、周りの枝や、火起こしできる板か何かを探したが、ユキナは知らずに無情な一言をユートに放った。

「あ、あの……火の魔法を使えば……」

優しい言葉、優しい声ほど、時に人は傷付く事がある。ユートはユキナから発せられたその言葉に、ビクリと身体が震えて心という塊に何か鋭い突起物がグサリと刺さった感覚を覚えた。そしてユートは両膝を地面に着いて、がくりとうなだれてしまった。

「ええっ!? あ、あの! どうしたんですかぁ!?」

「いやね、使えたらいいなぁってさ、できたらいいなってさあ?」

「あ、いや！　ごめんなさい！　なんかごめんなさい!?」

キョウスイもランジェも、アヴェールも見た事が無いであろう彼のいじけた姿にユキナは驚愕《きょうがく》した。ユートは、魔法が使えない。だいたい魔法の初歩なら、そこらの大人をひっ捕まえても火の粉を起こせるのに、ユートはそれすら出来ないのだ。

うなだれて力無く笑う彼に、ユキナは罪悪感から謝罪を始めた。


ユキナの杖の先に付けられた宝玉が明るく白い光で洞窟内を照らす。洞窟内はやはり岩肌で隆起して歩きにくく、灯りがなければすぐに足を踏み外して転倒してもおかしくなかった。

先にユートが歩き、その後ろをユキナが歩く為、少年の背後から光を灯す事となるが、杖の光は直視するには少しまぶしく、ユートには丁度いい明るさとなっていた。

「便利だね魔法、うん、凄いね魔法は」

「光を灯すだけですから、簡単ですよ」

「それすら僕には出来ないんだからさ」

背中を見せながら洞窟を歩く少年は、皮肉を込めてユキナに応えた。洞窟内は少しだけ斜面になっており、さらに水気のせいか所々滑る。気を付けて進まないと、とユートは足元にしっかり意識を向けて歩いていたのだが。

「きゃっ!?」

予想通り、足を滑らせてユキナがバランスを崩した。前のめりになったユキナは、二、三度足でたたらを踏んで前進し、ユートを巻き込んで倒れそうになった。

「おっと？」

しかし、ユートはすぐに振り向いて彼女をしっかりと受け止める。抱きかかえられた状態にユキナは少しだけびっくりしたが、ゆっくりと少年の身体から離れた。

「やっぱり優しいですね、ユートさんは……」

「巻き込まれるのが嫌だからね？」

離れたユキナがしっかり立ったのを見て、ユートは再び洞窟内を歩き出す。ちゃんと付いて来ているようで、彼女の足音がしっかりと聞こえた。

「レンは、そんな事をする人ではなかったです」

すると突然、ユキナは喋り出した。そういえば先程、ユートは勇者レンとの騒動を話した。その際の感想というか、反応を聞こうとしたがユキナにコンプレックスを抉られて有耶無耶になっていた事を思い出す。

「なかった？　まるで今ならあり得るような話し方だね？」

「はい、レンは勇者になってからはあんな感じでしたが……」

相当な高慢チキだなと、あの金髪の二枚目の怒りの表情をユートは思い出す。しかし、ならわざわざ勇者をあのハリボテにする必要は無いんじゃないのかとユートは思った。

「なんであんな奴が勇者に選ばれたんだか……」

「血統ですよ。レンは遥か昔の魔王を討ち果たした勇者の末裔ですから……最初から決まってたんです」

血統ねぇ、とユートは呟きながらサイドパックからコンパスを取り出した。方角は南東を指し示している。しかし、やけに長いなとユートは洞窟に悪態を吐きながら壁に手を掛けるとある違和感に気づいた。

岩肌の、壁の手触りがおかしかった。ゴツゴツとした感触が無く、まるで手入れをされた様にツルツルとしているのだ。

「どういう事だ、まるで人間が作ったみたいだな？」

「あの、どうしたんです？　いきなり止まって……」

「壁がおかしいんだよ、まるで人がヤスリをかけたみたいにツルツルなんだ」

ユートの発した言葉にユキナも、ユートがいる辺りの壁に触れた。確かに、ツルツルとしている感触にユキナも不思議に思った。

「確かに……ツルツルですね？」

「ああ、ツルツルだ……ていうかおかしいな、そもそもこの洞窟、自然窟《しぜんくつ》か？」

さらに、今更だがユートはこの洞窟に不自然さを感じたのだ。自然に出来た洞窟ならば、同じ方角に穴が伸びる事はごく稀である、本来なら道が別れるどころか真上に上ったり、真下に穴が出来たりするのだ。しかも広さもある程度一定を保っており、人が二人横に並び両手を拡げたくらいの道幅があるのだ。

「人工物の洞窟か？　いや、じゃあなんの為に作れたんだ？」

ユートが洞窟に不信感を抱いていると、ユキナもまたある事に気が付いた。光を放ち洞窟を照らす杖が、壁の何かを照らしていた事に。

「なんでしょうか、これ……壁画？」

ユキナの杖が壁を照らすと、何やら色の付いた画が壁に描かれている。しかし今の光では一部しか照らす事ができなかった。ならばとユキナは、杖の先に嵌められた宝玉から放つ光を強める為に、流し込むマナを増やし強く壁を照らした。

「えっ……きゃあああああ!?」

そして、少女は後悔した。光に照らされた壁画を目に映した瞬間、身体中が恐怖にみたされ悲鳴をあげたのだった。こんな事なら明かりを強めるべきではなかったと、身体を震わせたのだ。

「どうした!? 何か居たか!!」

「だ、駄目……ユートさん!!」

悲鳴を聞いたユートは、ユキナが居た背後を見た。そして彼女と同じ物を目に映したのだった。

「これは……何だ、化け物か？」

照らされて露わになった壁画、そこにはおぞましい四体の化け物が描かれていた。

まず、一番左。背景に火山が描かれ、その中心に化け物が描かれていた。これは肉塊から触手と無数の口から牙を生やした奇妙な姿をしている。周りには人らしき絵も描かれているようだが、誰もが逃げ惑う事をしていない。怪物の近場にも人が描かれていたが、まるで石にでもなったかのように固まっている様子が見て取れた。

続いてその右。背景には神殿らしき建造物が描かれている。そして、何の怪物かユートにもすぐに理解出来た。蛸だ、蛸そのものを顔にしている巨人だった。こちらにも人が描かれているのだが、この怪物に近づいているように描かれている。なぜ、こんな化け物にわざわざ近づいているのか、ユートは理解に苦しんだ。

さらに右の三つ目の壁画。これには背景が無い。しかも怪物すら描かれていなかった。だが人々の絵の真後ろ辺りに、黄色の布が飛び交って人々を包み込もうとしている。まさかとは思うが、黄色の布が怪物かとユートはその壁画を触って見た。

そして最後、一番右の絵の化け物。赤い火の玉だ、それ以外のなんでも無かった。周りには焼かれた木々と人の骸が描かれている。しかし火の玉にしては異常な大きさだった。これなら街一つ飲み込みかねない大きさだと人の骸の絵と比べて分かる。

ユートはその壁画に触れて一つ一つを見て行く、しかし近場で見ればおぞましさがしっかりと分かるなと、ユートはじっくり絵を眺めて思った。

「な、なんですかこの化け物達は……まさか魔王の配下か何か……」

腰が抜けたユキナがその場にへたり込みながらも、絵を見続ける。いや、恐怖に視線が動かせなくなっていた。

「ユキナ、この絵……どう思った？」

しかし、ユートは絵をじっくり眺めながらユキナに問うた。

「お、恐ろしいですよ……誰がこんな化け物の絵を描いたのか、正気を疑います」

ユキナの言葉に、ユートはそうかと一言呟いた。ユートは別段、こんなただの絵に恐怖を感じる事は無かった。絵は絵、別に飛び出しもしなければ動きもしないのだから。

だが、この絵を見てユートは、ある奇妙な感覚を抱いたのだった。それは、懐かしさ。さらに、心地良さを感じたのだ。

その心中の面妖な感覚に、ユートは気味の悪さを覚えた。明らかに普通ではないのだから、誰がこのおぞましい化け物を見て心地良さを覚えるのかと、そんな自分自身に嫌気すらさした。

「ついに、正気ですら無くなったかな？」

自分自身に嫌味を言うとユートは、少し微笑んで視線を下ろした。そして、少年はまた絵を発見した。

ユキナは気づいていない様子なので、ならば言わないでおこうとユートは光に照らされた地面に描かれている絵を自分だけで確認する。

地面に描かれているのは、目玉の集合体。大小様々な目玉が分裂しているような化け物、はたまた目玉の絵かは分からないが、そんな気味の悪いものが描かれている。

「先に進もうか……立てる？」

「い、いえ……腰、抜けちゃって……」

やはり、地面に描かれている絵については言わなくて良かったかとユートは思うと、ユキナの脇に肩を通して持ち上げた。

「少し優しくして下さい……」

「何かに襲われたら戦えないから、こうしか出来ないんだ、悪いね？」

ユキナに肩を貸して、二人はまた洞窟を歩き出した。暗い洞窟がまだまだ続き、先が見えそうに無いと感じる中、ユートは壁画の描いていた場所を頭だけ動かして振り向き、上を見た。

やはり、そこにも描かれていたかとユートは心中苦笑しながらその場を後にする。ユートの見た洞窟の上方にも、絵は描かれていたのだ。そこには、幾つもの太い触手の集合体が蠢いている様子が描かれていた。

✕

「ここで少し休むか、メルディ……大丈夫か？」

一方、ユートを取り逃がした勇者一行はワイバーン部隊と別れ街道を歩いていた。ワイバーン部隊を率いるバルドーに、勇者はここら一帯の上空から、ユートの仲間達を探すようにと命令した。レンは自ら探すと、街道をメルディとリッドと共に歩いていたのだった。

「は、はい勇者様……私も丁度休みたくなりました」

「そうか、なら無理はせず休もう……リッドもいいか？」

勇者の発した言葉にリッドは舌打ちだけしてから、近場にあった岩に座った。舌打ちにはメルディ、レンの二人が嫌な顔をしたが、メルディは疲れからかいつもの言い合いにはならず、レンもまた溜息を吐いて地べたに腰を降ろすだけだった。

「で、勇者様よぉ……まだあいつらを探すのかい？」

「あぁ、探すさ……探して殺さないと、また何があるか分からないからな」

やはり、あの傭兵の一行を探すという考えは変わらないらしく、レンの強い表情にリッドはまた苛立ちを感じた。奴らなんか放っておいて、さっさと洗礼を受けに各地に向かえばいいとリッドは思っているからだ。

リッドは左膝に左肘を置いて左手の甲に自分の顎を置いて、苛立ちから右足を揺らし貧乏揺すりをし始める。だが、リッドは同時にこの静けさに不安も覚えた。いつもなら自分の勇者に対する態度が気に食わないと、メルディがヒステリックを起こす頃だが、気配も、彼女の素振りも全く見えなかったのだ。

「あの……勇者様……」

調子が狂うなとリッドが腕を組み、足を組んだその時、メルディの口が動いた。まさか自分への暴言では無く勇者に何か言い出すのかと。中々メルディには無い事だった為に、リッドも少しだけ意識が向いた。

「どうしたんだいメルディ？　そう言えばさっきから顔色が悪いな、体調が悪いのかい？」

「い、いえ……違いますわ、あの……」

レンは、メルディの顔が青ざめている事に気づき様子を見た。そう言えばさっき、薄汚い傭兵を滝に追い詰めた時から顔色が悪かったが、一体何があったのかとレンは心配でならなかった。

「勇者様……あの、薄汚い傭兵……」

「うん？　あの薄汚い傭兵がどうかしたかい？　大丈夫さ、奴は滝壺に落ちて死んだも同然さ」

そうは思えないがなと、会話から外れているリッドはあの小さな傭兵を思い出し、心の中で呟く。

傭兵ユートの強さは並大抵では無い、剣の実力もそうだが身体の強さも中々とリッドは見ていた。

もしかしたら、またホシミツ山の時みたいにちゃっかりユキナを助けているかも知れんと少しだけ、敵ではあるが奴に希望を持つリッドであった。

「では……もし、仮に生きてたら……」

「まさか？　あんな高ささ、生きてたら奴の生命力はゴキブリ並みとなるね？」

ひょうきんに返す勇者レンだが、メルディは身体を震わせたままだ。これはリッドも流石におかしくないかと、メルディに、大丈夫かと声を掛けようとした刹那。メルディが勢い良く勇者の方に顔を向けて大きな声で言ったのは。

「お願いです勇者様!!　もし、奴が生きていたら、戦うのはやめて下さい!!」

その言葉を聞いたレン、あまりの驚きに表情が凍りついた。

リッドもその言葉に驚く。メルディは勇者に忠実な人間で、傭兵にも口舌を垂れる程の度胸の持ち主だ。そのメルディが勇者に対し物申し、もう戦うのをやめろと言ったのだ。

「き、急にどうしたんだいメルディ……一体なぜそんな事を？」

これには勇者も驚いた。メルディは今まで一度も自分に反対をせず賛同を貫いた仲間である。それが初めて自分から意見を言った事に勇者は何故なのかと優しく聞いた。この時、勇者レンは滝の上流にて、メルディが傭兵ユートに黙れと一言で制されたのを微かに思い出したのだ。

「勇者様は……見えませんでしたか？　あの薄汚い傭兵の首にぶら下げたネックレスから……得体の知れない何かが這い出て来たのを……」

「得体の知れない何か？」

メルディは、あの時ユートからおぞましい何かを感じて顔色が悪くなったのだ。あの傭兵の首にぶら下げた紅い宝石を嵌めたネックレス。そこから宝石よりも大きく太い触手が、ズルリと這い出て来たのを見たのだ。

それを聞いたリッド、そして勇者レンは顔を見合わせた。二人にはそんな物は見えなかったし、ましてやネックレスに気づきもしなかったからだ。だが、メルディの様子を見ればそれが本当の事だと分かるのだ。先程まで元気だった彼女の変わりようから、それが真実だと二人は信じた。

「勇者様、あの傭兵は人間じゃあない、得体の知れない化け物なんです!!　だから……だから!!」

「メルディ……いや、ダメだそれなら余計戦わなければならない……」

しかし、メルディの説得は逆に勇者に決意をさせてしまった。勇者は立ち上がると腰に携えた剣の刀身を軽く抜いて白刃を日に照らした。メルディもまた、どうしてかは聞けなかった。

「勇者である僕が、逃げるわけにはいかないさ……それに、得体の知れない化け物なら尚更……生きているなら、あの薄汚い傭兵は斬り捨てなければならなくなった」

勇者の眼差しは冷たい殺意に染まる、リッドもその眼差しを見れば、これは止まらないと悟ると、ゆっくり岩から腰を上げた。

「じゃあ、さっさと行くか？　あの傭兵の仲間を見つけになぁ？」

リッドがそう呟くと、レンは刃をしまい頷く。最早止まらないとメルディは目に涙を浮かべたが、それを服の袖で拭って三角帽子を被り直して立ち上がった。

×

キョウスイ達はひたすら林道を歩き続けた。ユートが生きていると信じ、合流できると信じて林道を歩き続ける。草を分け、枝を踏み折りひたすら進んだ。

「やだ、暑いわね……汗疹《あせも》ができちゃうじゃない……」

ランジェは暑さに参ったか、たまにスカートを振って涼しい風を足に送る。首から出た汗が胸元を伝い谷間に流れると、苛立ちながらハンカチを取り出して自らの胸の谷間に入れて汗を拭った。

「本当に暑いね、暑くてお兄さん身体中ぐしょぐしょだよ」

アヴェールも額に出来た玉のような汗を右手の甲で拭い去る。白いシャツは汗を吸い込み身体に張り付く程、多量の汗をかいていた。それを尻目に、キョウスイは歩き続けていたのだが少し先で突然立ち止まった。

「どうしたのキョウスイ、貴方も暑くて歩き疲れた？」

キョウスイも自分達と同じ様な事になったかと、ランジェは立ち止まったキョウスイに聞く。するとキョウスイは、二人に向かって振り返る。振り返ったキョウスイの表情に、ランジェは少し動揺した。

キョウスイは顔をしかめて眉間に皺を寄せ、苦難の表情を浮かべていたのだ。一体どうしたのか、ランジェが何があったのか聞こうとする前に、キョウスイは話を始めた。

「二人とも……勇者に刃を突き付けられたぁ時のユートを見たかぁ？」

「えっ……それがどうしたよシニョール？　あの時何かあったかい？」

アヴェールは今更の事に、首を傾げた。しかしランジェはキョウスイが何を思い詰めているのか一発で理解し、そして頬に手を当てて困った顔になる。

「もしかして、足元にあったあれの事？」

足元にあったあれ――その言葉を聞いたキョウスイは頷く。アヴェールもまた、ああっと唸りながら思い出した。

「あー、あの何か妙な黒い渦巻き？　確かにうっすらあったね……何？　バンビーノは風の魔法が使えるのかい？」

「ユートはぁ、魔法が使えねぇんだよゲイ野郎ぉ……それも全くだぁ……」

風魔法で足元の砂塵でも巻き上げたかとアヴェールは予想したが、全く魔法が使えないと聞いて彼は驚く。さらに、ならば何の為に砂塵を巻き上げるのかと、自分の浅はかな考えに恥ずかしくなった。

「ランジェよぉ……俺ぁ、一度だけ……あいつと同じ奴を見た事があんだぁ……」

「同じ奴？　そんな奴会ったかしら？」

キョウスイが話す事柄に、ランジェは顔をしかめ、顎に手を当て思い出してみる。しかしそんな、足元から黒い禍々しい瘴気を放つ奴を私は見ただろうかと、ランジェは思い返してはみたが全く分からなかった。

「で、誰かしら……私には分からな……えっ？」

ランジェが考え込み、分からないと言おうとした。だが、キョウスイは今確かに誰かの名前を呟いた、その名前を聞いてランジェは驚くしかなかった。

いや、まさか聞き間違いだろう。聞き間違いであって欲しいとランジェは祈りながら、キョウスイに再度尋ねて見る。

「キョウスイ、冗談ならタチが悪いわ……ゆっくり、もう一度言ってくれない？」

キョウスイは二度も言わせるかと、ランジェを恨めしく思いながらもう一度、その名を口にする。

ランジェは最初の口の動きで耳を塞ぎたくなった。その名前は忘れたかった。あんな奴と自分達を率いる少年が同じだと思いたくなかった。

「レスターだぁ、ビスク村で俺たちを襲ったぁ……あの、魔人とユートが似てんだよランジェ……」

「言わないでキョウスイ！　そんな、ユートちゃんが魔人みたいに!!」

「うおっと!?　声が大きいよシニョーレ、一体何の話よ？　お兄さん訳分からないよ」

「黙りなさいアヴェール!!　消し炭にするわよ!?」

その、ランジェから放たれたとは思えない、恐ろしくも凛々しい怒号にアヴェールは驚く。キョウスイもアヴェールに目配せで、少し黙っていろと合図した。その目配せに、アヴェールは理解を示す様に後ろを向いた。

「地が出たなぁ、ランジェ……久々だよ……だが、俺だって信じたかぁねえんだよ、分かってくれぇ」

キョウスイも、ランジェの怒号に理解はして欲しいと俯きながら言った。ランジェは自分の上げた声に、はっと我に返ると深呼吸して平静を取り戻そうとする。

「ごめんなさいキョウスイ、だけど……信じたくないわよ……そんなの」

平静を取り戻し、ランジェはキョウスイに謝り俯く。キョウスイはその様子に溜息を吐くと、自分も信じたかないと心中で呟き、腕を組みながら俯いた。

レスター・ベルド。ユートがキョウスイやランジェと旅を始めた時、ビスク村という小さな村に大豪邸を構えていた青い髪の細身の美男子。物腰柔らかな好青年で、ユート達に紅茶を振る舞った男。しかし、その正体は、村人を操り人形とした魔界の住人『魔人』だった。

魔界や魔人という単語自体がタブーなこの世界で、魔界とは何か魔人とは何か議論されるが、人間が知る魔界や魔人の知識は限られていた。

魔界はまさにこの世の地獄であり、その住人である魔人は、人の形でありながら絶大な力を持つと言われている。

生まれながらに人を越えし者、それが魔人。そんな魔人が住むのは魔界であり、その魔界を統治するのが『魔王』であると、これくらいしか人間には分からなかった。

そんなレスターの策略で、ユートは瀕死に追い込まれたが、きな臭さを感じたキョウスイによりレスターは倒された。そのレスターと、ユートが同じと言うのだからランジェも悪い冗談はやめろと言ったのだ。

「信じたかねぇよ、俺もなぁ……だが、勇者に剣を突き付けられた際にまたあの黒い禍々しい瘴気が見えたんだぁ……で、そん時まるでレスターの野郎とやりあった時に感じたのと似てたんだよぉ……」

キョウスイも信じたくはないという一心だった。自分の村を夜食の恩返し如き、小さな恩で助けに来たユートがまさか魔人とは信じたくは無い。だが、時折見せるユートの非情さや、情け無用の戦い方には、もしかしたら……と歯軋りを立てる。

「私も信じたくは無いわ……だって、山でユキナちゃんをいち早く助けに行ったし、捕らわれた時も私達を助けに来たじゃない……」

ランジェも、落下して来たユキナを助ける為だけに無謀を冒した事や、城の牢屋に入れられた際に助けに来た事を思うと、そんな事は信じたくなかった。二人して俯き、頭を抱え始める。

あんなに自分達を思ってくれる少年の正体が、まさか魔人なのかと。そうであって欲しくはないと願った。雑木林を揺らす風の音にしか聞こえない程の静寂が二人を包み込んだ……その時だった。

「はぁ？　関係無いでしょうよ、二人とも？」

二人の会話を、アヴェールが空気を読まずにぶち壊した。

「アヴェール、黙りなさいって私は言ったわよね？」

会話に入ってきたアヴェールに、ランジェは苛立った表情を見せながら言った。キョウスイもまた、この会話の部外者のアヴェールをしっかり睨みつける。

「いーや、悪いけどお兄さんは黙らないからね、バンビーノの為にも黙るわけにはいかないと見たよ？」

　しかし、アヴェールはそんな事は知らないよと無視をして話し始めた。

「あのさ、聞いてれば全く関係ないでしょうよ。つーか何、シニョールにシニョーレはお兄さんよりバンビーノと長く、一緒に旅しときながら今更そんな事言うわけ？　こりゃバンビーノが可哀想だ、お兄さんは彼を抱きしめて、添い寝して慰めてやりたいよ」

　抱きしめるジェスチャーをして見せ、アヴェールがそう言った。これはさしもの二人もアヴェールに対して、憤りを感じざるをえなかった。ランジェは腕を組んだ二の腕を掴む手に力が篭る。

　キョウスイは言わせておけばこいつはと、ズカズカとアヴェールの元まで歩み寄り、その白いシャツの襟首を両手で掴みアヴェールを引き寄せて睨みつけた。シャツが破れる音が、ほんの少しピリピリと鳴る程にだ。

「ゲイ野郎ぉ……テメェのそのぉ動きすぎる口ぃ、一度動かねぇようにぃする必要があるみてぇだなぁ……あぁっ⁉」

　その彼の形相、普通の人間なら今すぐ頭を地面に付け謝罪するほどに恐ろしいものだったが、アヴェールは逆にキョウスイの襟首を掴み返した。お互いの額がぶつかり合い、静寂が包み込む。

「シニョール、じゃあ聞くけど……バンビーノが得体の知れない化け物と分かったらポイ捨てするのかい？　手のひら返してやり捨てポイかな？」

「するわきゃあ、ねぇだろうがぁ！　何を抜かしてんだおらぁっ‼」

「でもさ、シニョール……さっきの口振りだとそう聞こえるよ、信じられないってさぁ？」

アヴェールがそう返した瞬間、キョウスイははっとして怒りの形相が崩れた。言われてみればキョウスイは、先程ユートがもしかしたらと話した際に、確かに手のひら返しをするように取られても仕方ない言葉を吐いていたのだ。

キョウスイの襟首を持つ力が緩み、それを感じたアヴェールが手を下げるようにとキョウスイの手を上から自分の手で押して下げさせ、次にランジェの方を見た。ランジェも気付いたような、少し泣きそうな表情をしている。

「シニョーレも、バンビーノがいい子だって言ってるじゃん？　そんだけ一緒にいた彼が、魔人だったからって捨てるのかい？」

「それは……」

「つーかさ、凄いねバンビーノは？　二人どころか敵すら助けるし、城から脱出させてくれたし……言う事ないじゃん、やっぱりお兄さんの股間の反応に間違いは無かった」

やがてキョウスイの襟首を掴む手が離れ、アヴェールはニヤリと笑顔を二人に見せる。

「たとえ、バンビーノが魔人だろうが得体の知れない化け物だろうがさ……今まで二人やお兄さんを助けた事には変わらないだろう？　だ・か・ら・お兄さんは関係ないよって言ったわけ……むしろさらに惚れるね、お兄さんは」

まさか、この飄々とした男に気付かされるとは、キョウスイもランジェも顔から苦悩も怒りも消え、先程の自らに苦笑した。そう、関係ないのだ。ユートがもし得体の知れない化け物だとしても、自分達を救ったいい奴である事に変わりは無い。

むしろまだ十四という年齢ながら、そこまでする少年が居るだろうか？　恩義に報い、仲間思いで……許せない事には声を強くあげ立ち向かう少年がこの世に何人居るか。いや居ないなとキョウスイはククと笑った。

「調子こいてんじゃあねえよ、ゲイ野郎がぁ？」

「あいっ!?」

アヴェールに気付かされたキョウスイは、その頭を平手で叩いた。叩かれたアヴェールも、そりゃないよと頭をさすったが悪くは無かった。

「そうねアヴェール、貴方の言う通り……悪かったわね、怒鳴り散らして」

ランジェもアヴェールに怒鳴った事に頭を下げたが、アヴェールはンフフと少しいやらしい笑みを見せて言った、

「ん〜？　構わないさ、それにシニョーレの怒鳴り散らしにお兄さん興奮したしね、いっそ罵《ののし》ってくれてもいいよ？」

「変態ね、変態……変態が居るわ」

注文通り笑顔で罵れば、アヴェールは身震いして親指を立てる。それを見たキョウスイも先程あった、ユートへの悩みは何処へ行ったか、アヴェールの相変わらずの態度に呆れ、笑った。

「さ、バンビーノとさっさと合流しようぜ、二人とも？」

「テメェが仕切るなぁ、テメェがよぉ」

「手厳しいね、シニョール」

一行はユートと合流する為に、再び雑木林を歩み始めた。

杖は洞窟を照らし、ユートとユキナの二人は足場の悪い地面をしっかりと踏みながら歩いた。ユキナに肩を貸すユートが、彼女に歩調を合わせている為とてもゆっくり進んでいる。

「まだ腰は抜けてる？」

「迷惑かけますね、もう少しだけ……」

片手に光を放つ杖を持つ、彼女のバランスは悪い。そのためか、自然と体はユートに寄り添う形になっていた。しかし、中々にこの洞窟は長いなとユートが飽き飽きとしていると、少し曲がり道になった。

曲がり道を進んだ先に、光が見えた。暖かい日差しは、外が間近であると二人に示した。

「もう少しだ、歩けるよね？」

「はい、大丈夫です」

一歩、一歩と歩けば光は近づいて来る。やがてユキナが光を放つ杖を降ろした。それ程まで外は明るい。

そして、二人はついに洞窟を抜け出した。日の光は眩しくて、しばらく目が慣れるまで細めなければならなかった。それ程までの長時間、二人は洞窟を歩いていたのだ。

「ここは……どこだ？」

「平原みたいですね……」

やがて、目が光に慣れたユートの目に映ったのは緑の草が生い茂る広大な平原だった。風に草が揺れ、周りは森に囲まれている。二、三歩ユートは歩き、出てきた洞窟を見てみる。

切り立った少し高い崖にできていた洞窟。その出口の両端の壁に、また壁画に似たような奇妙な絵――いや、紋章が彫られていた。綺麗な円の中に星を描き、さらに中心は目玉が描かれている。

「なんの紋章だ、またわけの分からない……」

しばらく眺めては見るが、やはり見覚えも、見た事すらもない奇妙な紋章を後にして、ユートは平原をゆっくり歩く。その横を、落ち着いたユキナが、寄り添っていた身体を離して歩いた。

「気持ちいいですね……昼寝したいくらいに」

「あぁ、確かに……」

敵同士とは思えない、他愛のない会話をしながら二人は平原を歩く。ユキナの言う通り、ユートはこの平原が気に入った。優しい風も、この風景も、今すぐ倒れて寝転がれば気持ち良さそうな茂みも、そのどれもがユートの心に安息を与えた。

「ありがとうございます、ユートさん……また、助けられましたね、私」

唐突に、ユキナは礼を述べた。何を今更と、ユートは気恥ずかしさに微笑む。

「たまたまだよ、お互い助かったから、良しというわけで……」

微笑むユートであったが、顔を上げた瞬間表情は一変した。微笑みは無くなり、その表情に優しさも明るさも無くなった。突然の表情の変化にユキナは驚いたが、理由はすぐに分かった。

平原の先の森から、三人の男女がゆっくり近づいている。白い鎧の少年に、鉢金を巻いた少年。そして三角帽子に紫のローブを纏った少女の三人だ。

「行きな、仲間の迎えが来たよ？」

それは、勇者レン達だと一目で分かった。ユートはただ一言だけ、ユキナに小さな声で囁く。ユキナも、レンの前である以上は何も言えないと、軽く頭だけを下げてレンの元へ走った。

「生きていたか、薄汚い傭兵め……滝で死ねば楽になれたのになぁ？」

「勇者、やっぱり……お前はハリボテだ、まず仲間の無事に声を掛けたらどうだ？」

また再び、因縁の火花が散り始めた。

左手は、左腰に携えた刀に添えられた。何時でも抜き放てるようにと、ユートは戦う準備を怠りはしない。

「また鼻骨を砕かれに来たか、いや……もうそれだけじゃあ済まさないぞ？」

「何とでも言えばいい、今、仲間のいないお前には絶望しかないんじゃないか？」

したり顔の勇者が、右手をあげる。すると鉢金を巻いた格闘家リッドは左へ、三角帽子に紫のローブの魔法使いメルディが右へと走った。

「覚悟なさいな、薄汚い傭兵！」

「容赦できねぇぜ、悪いがな」

そして二人がそれぞれ得物を構えると、勇者レンはユキナを背に導き、護るような形を取りながら剣を抜き放つ。ユートの背面以外の三方向を、勇者達は取り囲んだ。

「もう、貴様を人とは思わない……野に放たれた化け物として貴様を斬り捨てる!!」

少しは考えて戦えるみたいだなと、目の前の勇者をユートは鼻で笑った。だが、囲まれて不利なのは事実である。ユートはどう対処をしようかと頭を回転させ、答えを探した。

「やれリッド！　お前からだ!!」

だが、勇者レンは考えさせてはくれないらしく、リッドへ命令した。それを聞いたリッドがユートへ向けて走り出す。

「シャアッ!!」

リッドは自身の間合いに入った棒立ちのユートへと飛び掛かり、力を込めた右の拳を振り下ろす。

しかし、ユートは耳に入ったリッドの掛け声から攻撃を予測し、一歩後ろへ下がった。そもそも、勇者が命令を下したが為にリッドが攻撃をする事はわかっていた。ならば見ずとも避けれると、ユートは正面に居るレンを捉えたままリッドの拳を見事に避けてみせた。

「何っ!?」

リッドの拳は相当な力があったのか、風切り音を鳴らし、さらに地面を拳の形に陥没させた。その隙を少年が逃す訳も無く、ユートを見上げたリッドの首に何かが突き立った。

「疾ッ!!」

「げぇあっ!?　うぉえぇぇえ!!」

聞こえたのは、息を短く吐く音。リッドの喉に深々とユートは左足のつま先を蹴り上げて突き立てた。リッドは蹴り転がされて喉を抑え、痛みに呻いた。

「リッド!? ならばぁ!!」

「こ、この――アクア・スプラッシュ!!」

リッドの惨状に、右側にいたメルディが動く。素早い詠唱と共に地面から水の円柱が現れジャイロ回転をしながらユートへと向かっていく。さらに正面の勇者が剣を下段に構えてユートへと向かっていった。

「くそっ! 厄介だな!!」

流石にユートはメルディの魔法には舌打ちするしか無く、向かって来た水の円柱の太さにユートは後方へと宙返りでそれを避けた。

「貰った! 喰らえ薄汚い傭兵め!!」

だが、着地してすぐに正面から来た勇者が、下段に構えた剣を上段へ振りかぶり、ユートの身体へと振り下ろしに掛かる。この連携は見事だなと、流石にユートは心中驚いた。

「遅いんだよ勇者!!」

「はおっ!?」

しかし最後が連携を台無しにした。勇者の剣が遅すぎたのだ。そのまま下段から斬り上げれば、勇者レンはユートの手首を斬り落としていた。しかし、チャンスへの高揚感にレンは剣を振り上げてしまった。

数瞬、ユートの攻撃はそれだけ隙が出来れば十分だった。ユートは左足で踏み込みながら、身体を右膝が地面に着くほどに屈ませ。右の拳を勇者の鳩尾に打ち付けた。

思い切り踏み込んだ勇者に叩きつけられたパンチは、カウンターとして威力を倍以上に増大させ、動きを止めるには十分な威力を発揮したのだ。勇者は込み上げる吐き気と共に、腹に岩石を括り付けられたような重さを感じて、涎を吐きながら前のめりになった。

「悪いけど、さっさと終わらせてもらうよ？」

勝負をつけると、ユートは前のめりに倒れかかる勇者の右手首を左手で掴み、右手を勇者の右脇に通した。ユートは、キョウスイが何度か闘いに使っていたある技を、この勇者に試しに掛かった。

「おぉぉぉおおおおッ!!」

気合いを込めた声と共に、ユートは掴んだ左腕を引きながら、相手に腰を思い切り当てて腰に乗せる感覚で投げる。勇者が背に乗る感覚、そして背から離れて重量の無くなる感触にユートは技が決まった事に歓喜した。

「SYARAAAAAA!!」

「がっ！　ふぅぅうっ!?」

地面を揺らす程の力を乗せ、勇者は背中から叩きつけられた。叩きつけられた衝撃は凄まじく、レンは肺の空気をすべて吐き出し、呼吸ができなくなってしまう。

キョウスイの投げ技の一つ『一本背負い』を、ユートは見事に勇者へと喰らわせたのだった。

「はっ……がっはっ！」

「さて、勇者……絶望しか無いのはどっちかな？」

地面に叩きつけられ、大の字に空を仰ぐ勇者の腹を踏み付けながら、ユートはその刀を抜きはなった。勇者レンは何とか抵抗を試みたが、ピクリとも動けなかった。

投げ技の威力は凄まじく、まともに地面に叩きつけられたならば、しばらく身体の自由が奪われるのだ。そんな勇者へトドメを刺しに、ユートはその刀の切っ先を喉元へ突きつける。

「く……そ……やめ――」

「呆気ないな、これで……終わりだ!!」

ユートの刃が、勇者レンの喉を貫こうとする。怒りも無ければ悲しみも無い、単純な作業のような、ただ刺すという行為。切っ先が喉の皮膚に当たり、刃が減り込もうとした瞬間だった。

「レイ・ブレード!」

女性の声と共に放たれた、光の剣がユートの右肩に突き刺さった。

ユートは勇者を貫こうとした刹那、右肩に来た衝撃に動きが止まった。身体に感じた突き刺さる感覚に、ユートは右肩を見つめる。眩しい程に光り輝く魔力の剣、それがユートの右肩を貫通していたのだ。

「ぐっ!?　あぁぁあああああああ!!」

さらに、その右肩から身体中へ一気に激痛が広まり、ユートは絶叫を上げて身体をよろめかせた。突き刺さった光の剣がユートの肩の肉を焼き、傷口から煙を放つ。そして、ガラスのように剣が砕け散った。

肩の傷を抑え、ユートはこの魔法が向かって来た場所へと振り向く。

「助けてくれてありがとう、そしてごめんなさい……」

そこに居るのは、先程助けて少しの間共に行動した僧侶ユキナ。ユキナが宝玉を取り付けた杖をユートに向けて、哀しさの表情を浮かベユートに言った。

「私は勇者の仲間、勇者に……レンに身の危険があるなら、私は護らなければならない」

さらに、彼女が杖を振ると杖の先から光が勇者レンと格闘家リッドへ降り注ぐ。光が二人の身体に入り込むと、抑えていた喉からリッドは手を離し、ピクリとも動けずに居た勇者が身体を起き上がらせた。

「助かるよユキナ、さすが僧侶だ」

「くっ、喉につま先突き立てるなんて容赦無いな……お前……」

先程のダメージが回復した二人に、ユートは冷や汗を流した。

味方を助ける回復の魔法はともかく、ユートを貫き激痛を与えた光の魔法。攻撃に回復を兼ね備えたユキナに、ユートは戦慄した。目の前にはもう、か弱い女の子は居ない。ユートの前に、恐らく彼等の中で最強の、僧侶ユキナが立ちはだかった。

「覚悟、してください……ユートさん」

杖の先の宝玉を、恩人に向けてユキナが言い放つ。とんだ厄介な人間を助けたかなと、ユートは苦笑したが後悔はしなかった。自分が勝手に助けた人間が、一番厄介な敵だとは思いもしなかったし、この窮地を呼び込んだ自分に言い訳をしたくはなかったからだ。

「とっくに出来てるさ、ユキナ……これで、心置きなく君も斬れる」

むしろ、ユートは心中で感謝を述べた。なにせ、助けた相手は勇者の仲間。変に情を掛ける心配も先程の一撃で無くなり、非情になれるのだから。

改めて立ちはだかる勇者一行四名に、鋭い刃のような、殺気を含めた視線をユートは向けた。

しかし、勇者レンはユキナの魔法に肩を貫かれ、身体をよろめかせたユートを見て調子付いてか、余裕の笑みを浮かべて言い放つ。

「まだ抗うか、薄汚い傭兵……ユキナの魔法を喰らってわかっただろ？　諦めたらどうだい？」

「何もしてないハリボテが……ユキナの陰に隠れた卑怯な奴が威張るな」

「ですが、貴方が窮地に立たされているのはお分かりで、薄汚い傭兵さん？」

ユキナの一撃は、勇者一行の士気を格段に上げた。しかも、メルディが言ったように、ユートが今まさに窮地に立たされているのは本当だった。

勇者はどうでもなるとして……攻撃魔法を放つ事が出来、さらに回復のできる僧侶。一番苦手とする魔法使い、近づけば格闘家の一撃必殺の拳と、隙は無いのだ。

「今なら処刑台で済ましてやろう、どうだ傭兵？　頭を地面に擦り付けて僕に謝るんだ。慈悲深き勇者の最後の救いだ……」

しかし、よくまぁあれだけやられて減らず口を叩けるなとユートは目の前の金髪の勇者を見て思った。流石のユートも、口うるさい勇者に嫌気が差し、珍しく苛立った。

だからだろう、ユートも口が悪くなってしまうのは。

「ちょと黙れよハリボテ、お前……本当に……」

殺すぞ？

最後の単語を言い放った刹那、勇者レンの首が宙を舞い、格闘家リッドの身体が二つに別れ、魔法使いメルディの顔が陥没し、僧侶ユキナの臓腑が飛び散った。

四人の背筋がゾクリと凍りつく、そして。勇者はなぜかある首を、格闘家は離れた身体を、魔法使いは顔を、そして僧侶はお腹を。皆斬り裂かれた筈の身体がある事に冷や汗を感じ恐怖した。

「勇者……お前、命を取り合う覚悟はあるんだよな？　なぁ？」

そして、皆は見てしまった。先程まで目の前に居た傭兵の身体から、いや、ネックレスから這い出る何本もの、蠢く触手を。

「命を取り合うっていうのは、無惨に斬り捨てられても文句無く、何も言わずに死んで行く覚悟だ」

蠢く触手はユートを優しく包み込み、足元の黒い瘴気は茂みを枯れさせる。しばらく俯くユートの顔が勇者を見つめた瞬間、皆が恐怖を感じた。

「ハリボテ……お前に、その覚悟があるのか？」

先程まで黒く澄んだ傭兵の瞳は、いつの間にか血の様に赤く染まっていた。

小さな傭兵の紅い瞳が、勇者一行を睨みつける。傭兵ユートの身体の変化に勇者レンは畏怖した。

それと同時に、やはりこの者は殺さねばと確信した。

合流する前にメルディの言っていた、得体の知れない触手が、うねり、胎動する。レンは彼女が幻覚を見ただけに過ぎないと楽観視していた。彼女は疲れていただけで、そんな事はありもしないと高を括っていたのだ。

だが、現実は甘くはないという事を勇者は突き付けられたのだ。宝石から這い出る、この世のものとも思えない太い触手、足元から湧き出る漆黒の瘴気、そして紅く変色した瞳がそれが現実である事を勇者レンに教えていた。

「ば、化け物が……正体を現したな薄汚い傭兵がッ!!」

抜き身の剣を、目の前の小さな傭兵に向けて構えた勇者レン。しかし、ユートは未だその紅い瞳でこちらを見続けている。今斬らねばと、恐怖から来る焦りが勇者レンを駆り立てそうになったその時だった。

「待てレンッ!」

勇者レンの肩をリッドが掴んだ、突然後ろから肩を掴まれたレンは、ビクリと驚いて素早く振り返る。

「ば、馬鹿驚かすな!! 一体いきなり何だと……」

振り返った瞬間に、レンはリッドの表情に二度驚いた。リッドは顔面のあらゆる場所から汗を流して震えている。肩を掴む手にも力が入りガタガタと震えているのだ。

そして、無言の圧力でリッドはレンに訴えかけた。やめろと、間違いなく今度こそ殺されると。

「逃げろと言うのか……勇者である僕に!」

「勇者云々じゃあ無い! 分かるだろうが、今の俺達じゃあ……あいつには勝てない事が!!」

リッドの言う通り、レンもしっかり身に染みていた。圧倒的な力の差を何度も体感しているから、最初から分かっていた。だからと言って尻尾を巻いて逃げたりはできない。なぜならレン・ガーランドは勇者、世界を救う救世主である。勇者の誇りが、逃走などという行為に至らせはしなかった。

「来い！　化け物!!　この場で貴様を斬り捨て……」

虚勢《きょせい》の叫びを勇者が上げた瞬間だった。彼の叫びより大きな、ズダン！　という音が鳴り響き、勇者の足元から煙が巻き上がった。

「ひっ！」

あまりの大きな音に勇者が一歩下がる。勇者の仲間達も、音の正体を探りに辺りを見回した。だが、ユートだけはこの音の正体をしっかりと理解していた。

安堵からか、ユートは一つ息を吐いて左方に広がる林へ顔を向けた。すると、ユートのネックレスから出てきた触手はどんどん姿を朧にし、紅い瞳もまた薄いピンクとなり、やがて黒色に戻って行った。

「ん〜ッバンビーノ、肩をやられてるみたいだけど大丈夫かい？」

林から出てきた癖っ毛の紅い髪の男が、右手に持ったリボルバーをクルクルと人差し指で回しながら笑顔でユートへと近づいた。

「正直痛くてね、来なかったら死んでたかもね……アヴェールさん？」

そういえばそうだったと、ユートは右肩にユキナの魔法でつけられた、貫き傷から流れる血を左手で抑え、止血を始める。アヴェールはそんなユートの様子を見て、それが彼の本心だとしっかり受け取った。

「ん〜っふっふっ、確かにこれはバンビーノでも骨が折れそうだ」

会話する二人に勇者レンは、まさかと周りを急いで見渡した、気づけば自分達の真後ろから、キセルを吹かす巨漢と、青いドレスを纏った美女が近づいて来ている。

「良かった、まだ無事みたいねユートちゃん？」

「待たせちまったようだなぁ……いやぁ、今から始めるのかぁ？」

茂みを踏み分けて足音を鳴らし、ランジェとキョウスイも歩み寄る。勇者達を囲むように、ユート一行がそれぞれの場所で立ち止まった。勇者レン達はお互いの背中を守るような陣形を取り、ユート達と対峙する。

吼えるような強い風が、茂みを、雑木林を、この場に居る者達の髪を、服をたなびかせた。

✕

「さぁて……誰がぁ、誰とぉやろうかぁ？」

首を鳴らしながらキョウスイが、皆へ問い掛けた。すると、勇者達の仲間の一人、格闘家のリッドがギラリとキョウスイに強い反抗心を思わせる眼差しを送った。自ずとキョウスイの足が動き出し、勇者達を囲む輪が崩れる。

キョウスイが動いた瞬間、リッドもキョウスイとその距離を保ちながら、背を守り合う陣形から外れていく。そして、その後をメルディが続いた。リッドではキョウスイとは互角に戦えない、ならば二人でという算段だった。

だが、メルディが動くとランジェが胸の谷間からステッキタイプの杖を取り出して、キョウスイに続いて歩き出す。

「魔法相手は厳しいんじゃない、キョウスイ？」

「だなぁ、フォロー頼むわぁ」

自然に出来上がったコンビの相手ランジェに、キョウスイはフォローを頼んだ。下手に強がっても、怪我をするからだ。

「足、引っ張るなよメルディ」

「それは貴方じゃない、リッド……絶対に倒すわよ」

一方メルディとリッドも、この二人が相手なら全力で戦わなければならないと、お互い気を引き締めるように声を掛け合った。

二人がキョウスイとランジェに付いて行くのを見て、ユキナは目の前に居るユートとアヴェールを見据える。無論、その彼女の前にレンが立つと自身の剣を構えた。

それを見て、アヴェールはユートに視線を送ると、ユートがその視線に気付いて目を合わせた。

「どうするバンビーノ、お兄さんは邪魔かな？」

アヴェールはユートが勇者と戦うだろうと、自分が邪魔なら後ろに下がる事を伝える。

「いや、アヴェールにはあの子を頼みたい」

「あの子？　あの、たぷんたぷんなバンビーナをかい？」

だが、ユートはアヴェールにユキナを相手にするように指示を出した、アヴェールは彼女を遠目に見たが、あの子が自分のリボルバーを持つ手をはたき落とし、さらにユートへ杖を振り下ろしたとは思えなかった。

「一番やっかいだからさ、アヴェールさんなら、女性を相手にするの得意でしょ？　あの子が僕の肩を貫いたし……」

「マジ？　あのたぷんたぷんで？」

だが、ユートが自分に傷を付けたのは彼女だと聞いてアヴェールは驚く。勇者ではなくまさか彼女がと、可愛らしい割に中々強い事をアヴェールは理解した。

「僕は勇者を相手にするし、勇者も此方に向かって来る……アヴェールさんは彼女のフォローを妨害して、わかった？」

「つまり囮ね？　分かったよ、バンビーノの頼みならやるさ」

ユートの小さな声にアヴェールは了承し、声を返した。ユートは右手に持った刀を左手に持ち直し、アヴェールは肩に担いだ狙撃銃を両手に持ち、構える。

「どうした⁉　さっさと来るがいい化け物‼」

しかし勇者は、こうやって二人が話し終わるのを待ってやる程余裕があるらしく、そんな口上を叫んでいる。滝に落ちる前に『攻撃するならさっさとしろ』とユートは彼に言った筈だが、もう忘れているようだった。

「お前、鳥頭か何かか？　さっき言っただろ？　攻撃するならさっさと……」

「レイ・ブレード‼」

こちらが勇者を挑発しようとした瞬間だった。勇者レンの後ろに居たユキナが、ユートの肩を貫いた光の剣を発射したのだった。

「アヴェール避けろ!!」

「オーノーッ！　マジで撃って来やがったーーッ!!」

光の剣がユートとアヴェールへ猛スピードで向かう。それを見たユートがアヴェールに避けろと言いながら右へと身体を前転して剣の軌道から離れ、アヴェールは左方向へ走り出した。光の剣はユートが出て来た洞窟の出口の横の岸壁に突き刺さる。

「な、何つー魔法だよッ!!　光の魔法ってあんな攻撃的だったのッ!?」

アヴェールは走りながら岸壁に突き刺さった光の剣に冷や汗を流した。そのままアヴェールは、魔法を放ったユキナへと弧を描く軌道で走り出す。確かに、彼女は厄介だと気付かされたアヴェールは、彼女の妨害に向かった。

「来たわ、レン！　まずはあの銃を持った人から……」

ユキナもまた、アヴェールの持つリボルバーや狙撃銃を脅威と感じていた。向かって来る彼を先に抑えれば、ユートとの戦いは有利になる筈だった。

「行くぞ化け物！　僕の聖なる刃、味わうがいい!!」

「レン!?　先に厄介な方を!!」

「うるさい！　奴は僕が倒さねばならないんだ!!」

だが、レンは彼しか見えていなかった。言葉を聞かずにユキナから離れ、光の剣を避けたユートへと走り、向かっていった。

向かって来る勇者は、再び剣を上段に構え、怒りに任せてユートへと振り下ろす。

「はぁっ!!」

「よっと」

しかし、力が籠もり身体を硬くさせたまま振り下ろした剣のスピードにユートが反応できない訳が無い。少年は振り下ろされる瞬間、右前方斜めの方向へ、身体を左に捻りながらその斬撃を避けた。

「くそっ！　ちょこまか避けるな!!」

何を馬鹿な事を抜かすのか、勇者は避けるなと言いながら、逆袈裟に剣を振り上げようとユートが避けた左手側へ向いた。

「喋る暇があるの？」

「なぁっ!?」

しかし、ユートも最早手を抜いたりはしない。ユートは勇者が振り上げようとした剣を踏みつけた。

ゾクリ、と勇者の背筋が凍りついた瞬間、ユートは抜刀してその身体を斬り付けに掛かった。

「ゼェエアアッ！」

「くぅうっ!?」

脳天から叩き割りに振りかざした唐竹割の一太刀。だがレンは左腰に携えた短剣を左手の逆手で引き抜いて、ユートの一太刀を何とか防ぐ。ギャリイン！　と鉄同士がぶつかり合い、火花が散った。

「ちっ、防いだかハリボテ……」

「化け物に負ける僕じゃあない!!」

ギリギリと刃が擦れ合う、しかしユートは刀を握る両手を右手だけにして、左手を刀の柄から離すと、短剣を持つレンの左手手首を掴んで引っ張った。

「なっ!?」

ユートの刀を防ぐために短剣を押していた腕が引っ張られ、勇者は前のめりにバランスを崩す。次にレンの視界に映ったのは靴の足の甲の部分だった。

「ッSYAAAッ!!」

「うわらばっ!?」

前のめりになった先に、迎えに来るかのようにユートの左のハイキックが勇者の顔面を捉えた。

「レン！　今回復を!!」

「おおっと！　バンビーナは行かせないよ？」

勇者が倒れ、ユキナが回復しようとレンの元へ向かう。だが、そうはさせないと彼女の前にアヴェールが立ちはだかった。アヴェールはリボルバーの銃口をユキナに向けた。

「悪いけど、女の子は喧嘩を見届けるものだよ、バンビーナ？」

「どいてください！　どかないなら、貴方を相手にしてでも行きます！」

立ちはだかるアヴェールに、ユキナはどかねば倒すと杖先の宝玉へ自身の魔力を集め、臨戦態勢に入った。しかしアヴェールは、先程ユートが自分を貫いたと言った魔法が来ると感じて内心怯えていた。

しかし、ここで彼女を止めなければならないのが、ユートから与えられた役割である。さて、どうするかとアヴェールは光り輝く宝玉を見ながら考えてみた。

「ん？　そう言えばバンビーナ、今なんて言ったかい？」

「相手にしてでも行きますと言ったんです！」

相手にしてでも……アヴェールは彼女が吐いた言葉を聞いて閃いた。そしてニンマリとその顔を悪い笑顔に染めてリボルバーを地面に置いた。

「よし、いいだろう……お兄さんが相手になってやろうじゃないか！」

銃を地面に下ろしたアヴェールから放たれた口上だが、真逆である。銃を下ろすのは降伏や、戦う意思は無いと示すものだがアヴェールは相手になると言った。

「えっ？　いや、なんで銃を……なっ!?」

彼の不可思議な行動に混乱したユキナ。しかし次にアヴェールが行った行動にユキナはさらに動揺するしか無かった。

「いや～、まさか君みたいなたぷんたぷんなバンビーナが相手してくれるなんて、今日はお兄さん人生最高の日だね」

なんと、アヴェールはダメージジーンズに通していたベルトをおもむろに外し始めたのだ。しかも、ゆっくりとユキナに近づいて行く。

「な、何してるんですか!?　なんでベルトを外してるんですか!?」

まるで追い詰められたかのように、ユキナは杖を構えながらゆっくり後ろへ下がっていく。しかしアヴェールは構わずに、次は白いシャツのボタンを外し始める。

「何をしてるって……今からナニをするんじゃないか？　しかし君も好きだね、まさか青空の下でお誘いとは……お兄さん興奮しちゃうよ」

「ナニってなんですか⁉　やめてください服を脱がないで‼」

赤面し、ユキナは目線をアヴェールから外した。しかしアヴェールは、構わずシャツのボタンをすべて外して上半身をはだけさせ、ユキナへ近づく。

「も～、バンビーナ言わせる気かい？　そういうプレイ？　例えば……君のでお兄さんの股間のリボルバーを挟んだり……キャンディみたいに舐めたり、突いたり、腰振ったりするんじゃないか～」

彼女が羞恥に何もできない様子に、アヴェールは楽しそうに笑った。アヴェールは相手をすると言う言葉を、変な意味で取って彼女を動揺させようとした。しかも、効果は抜群でユキナは何も出来ずに、ただこちらから視線を外して恥ずかしがるしか出来ない。

しかし初心な子をからかうのは中々面白いと、アヴェールはもう一つからかってやろうと、ジーンズのチャックに手をゆっくり伸ばしていく。

「本当、興奮するねバンビーナ、お兄さんも我慢できそうにないよ……あっ、やばっ……」

そしてチャックをゆっくりズリ下ろし、ジジジと音を立てながら彼は言った。

「相手してやるよ、お兄さんの股間のリボルバーで……」

「き、キャアアアアアアアアアア‼　この、変態ィイイイッーー‼」

次の瞬間、ユキナの頭の中の何かが切れた。そして、杖先の宝玉から光を放ち、生成された光弾が二つ三つと放たれて、それぞれ違う軌跡を描くと、アヴェールの元へ向かって行く。

「あ、あれ？　お兄さん、もしかしてやばい事しちゃった？　ぎゃああああああ!!」

天罰のように三つの光弾が、アヴェールを追い詰め、そして地面に着弾して爆発した。

✕

キョウスイは、アヴェールの一部始終を傍目で見ていた。あいつらしい手ではあるが、やり過ぎたなとキョウスイは、フンッと鼻息を一つ吐き、対するリッドへ視線を移す。

「久々じゃあねぇかぁ？　あれからぁどうだよぉ……」

「努力したさ、あんたに勝つ為に……二度と勇者を傷つけさせない為にな」

お互い目線を合わせ、ゆっくり歩来ながら円を描き始める。しかし、格闘家リッドの目は何か虚ろだった。

「ただ、最近分からなくてな……俺はどうすればいいのか……」

「リッド！　貴方敵に何言ってるのよ!!」

そんな彼が吐き出したのは、心中に抱えた悩みだった。しかし後ろに着いてきたメルディが、敵に何を悩みを吐いてるのかと、リッドを叱る。

だが、キョウスイはそれを聞いて少し上を見た。そう言えば今日は天気がいい、しかしリッドの表情は、この天気にいささか合わないなと、関係無いことを考えてみる。

「テメェの悩みなんざぁ知らねぇよぉ、だが、そのぉ腹の中をぶちまけてぇ……スッキリはできるんじゃあねぇかぁ？」

やがて、歩みを止めたキョウスイが、リッドへ身体ごと向き直る。そして、両手を前に出して、肘を曲げ、左足を出して腰を落とし構えた。敵を掴み、投げて極めるキョウスイの構えだ。

「ぶつけて来なぁ……全部なぁ？」

そう聞いたリッドの身体が、少しだけ軽くなった。そしてギリリとその拳に力を入れ、キョウスイに向かって走り出す。

「せぇあああああっ!!」

リッドは右の拳を振り上げ飛び上がり、キョウスイのこめかみ目掛けて振り下ろした。しかしキョウスイも、そのリッドの拳を両手で掴みに掛かる。

「二人なのを忘れていて野蛮人!!　アクア・スプラッシュ!!」

「厄介なのが居るじゃあねぇかぁ……」

だが、キョウスイは手を掴めなかった。メルディの放った水の柱がキョウスイへと向かって来たのだ。素早い動きでキョウスイは右に転がってその水の柱を避ける。

「魔法を舐めないで野蛮人！」

「何っ!?」

だが、キョウスイが避けた瞬間、メルディの水の柱が方向を変えた。予想外の動きに流石のキョウスイも、これは防御で軽減できるのかと冷や汗を流しながら両腕を交差させて、衝撃に備えた。

「こっちも二人よメルディちゃん？」

しかしこちらも、そうはさせないと現れたのは炎の大蛇。ランジェの魔法『フレイム・サーペント』は、キョウスイの前に現れて水の柱にぶつかった。

相性ではランジェが不利。しかし炎の大蛇はその身で水柱を蒸発させる。これは、ランジェの魔法が遥かにメルディを上回っている証拠だった。

「やっぱり貴女不愉快だわ、色々大きくてね……」

「あら？　小さいのも需要はあるわよ、メルディちゃん？」

女性同士の火花が散り始める、大蛇と水柱は消え去り、辺りに水蒸気が霧散し、濃霧が包み込む。

「しかしサウナだなぁこりゃあ……視界の邪魔だぁ……」

水蒸気がキョウスイを包み込み、視界を奪う。その瞬間、キョウスイは首筋に冷たさを感じ、右へ振り向いた。

ガシィッ！　と肉体がぶつかり合う感触、濃霧に姿を隠したリッドが、キョウスイの頭に回し蹴りを放っていた。しかしキョウスイも、間一髪で前腕を割り込ませ蹴りをガードする。

「洒落た連携じゃあねぇかぁ……思いつかなかったぁ」

「渾身の一撃でも、あんたは止めるんだな……」

お互いがニタリと笑顔を作った刹那、二人の右の拳が交差した。

交差する右の拳がお互いの側頭部を掠り、擦り傷を作り出す。刹那の際を突いて動いたのは、年季も実力も上回るキョウスイだった。キョウスイの拳が解かれ、リッドの服の奥襟、首の後ろに当たる部分を掴んだ。

「捕ったぁ!!」

「なぁああっ!?」

そう叫んだキョウスイは、リッドが殴り抜けた右手の手首を左手で掴み、両腕に力を込めて真下へ引っ張った。リッドは真下へ引っ張られる力によって体勢が低くなってしまう。

そして次の瞬間、キョウスイは跳んだ。あの巨体が跳び上がったのだ、リッドはその重さに引っ張られて、地面に回転しながら倒れる感覚を感じる。そして、右腕はキョウスイの太ももに挟まれ、その感触にリッドは冷や汗をかいた。

「くそっ！　またわけの分からない技か!?」

「おっ？　逃れたかぁ……」

リッドは、わけの分からないままではあるが、直感から掴まれた右腕の手首を左手で掴んだ。この選択は実に正しかった。キョウスイが掛けた技、飛び付き腕十字固めは、相手に飛び掛かりながら地面に引き倒し、肘を脱臼、破壊させる関節技だ。

本来なら、掛けられる前に逃げる方法があるが、今のリッドの手段の中では、手首を掴み、肘を伸ばさないようにするしか無かった。力を込めてキョウスイの腕を伸ばす力に耐えた。

「世話がやけるわね！」

しかし、メルディがその苦戦する様子を見かねて杖を振った。水の円刃が高速回転しながら地面を削り、キョウスイの頭目掛けて射出される。キョウスイは舌打ちすると、リッドの腕を挟んでいた足と、掴んでいた手を離し、後転して水の円刃を避けながら立ち上がる。

「危ねぇなぁ……殺しに来やがってよぉ……」

その斬れ味は凄まじく、キョウスイの頬に傷を付ける程鋭い。キョウスイは頬に垂れる血を拭いながら、魔法を放ったメルディに悪態を呟いた。

「野蛮人が人の言葉を喋るな！」

「メルディちゃんの方がよっぽど野蛮だけどね……」

「ぬわんですってぇ⁉」

しかし、ランジェの返しに、またも彼女はヒステリックを起こして地団太を踏む。

「しかし貴女も大変ね？　あのわがままな勇者の付き添いも、私なら耐えられなくてお手上げだわ」

持ったステッキタイプの杖を、右手でくるくると回しながら、ランジェはメルディにそう言った。

ランジェが見ても、あの自分勝手な人間にはついていけない。

「大変なわけがないですわ。勇者様の為なら何でも……この命も投げ捨てれます！」

本当に頼もしい覚悟だ。まだ小さな彼女が言うには少々信じ難い言葉を聞いたランジェだが、呆れしか浮かばなかった。メルディには、勇者以外目には映っていないようだ。だからこそ浮かばないというか、失意しかランジェには生まれなかった。

「悲壮ね、そんな覚悟するのは早くないかしら？　貴女も、勇者がユートちゃんより弱いのは目に焼き付けた筈じゃない。止めるなら分かるけど……これは、命掛けてやるような闘いかしら？」

ホシミツ山の山頂での闘いを引き合いに出して、ランジェがメルディを嗜める。聞く耳を持たないのは分かっているが、メルディはまだ自分より小さな子どもである。そんな子どもを手に掛ける程、彼女は非情にはなれなかった。

「あら、もしかして怖気づきまして？　アバズレ女……それに、勇者様があの時と実力が同じと勘違いしてるのでしょうか？」

やはりメルディは聞く耳など持たず、ランジェに笑みを見せた。そして、彼女は勇者があの時と違うと言うが、ランジェはユートと対峙する勇者を見ても、別段変わった様子は見えなかった。

✕

顔面に当たった足の甲に勇者は仰け反り、たたらを踏んだ。引っ張った先に置く様に放たれた蹴りは、吸い込まれる様に勇者の顔面を捉えた。

「それで……まだやるの？」

ユートは、顔を抑えたレンにそう言い放った。流石にこの闘いにつまらなさすら感じて来たユートの視線は冷たく、勇者も開き過ぎている実力差に、背を向けて逃げたくなった。

だが、そんな事はできないし、そんな事を彼がするわけは無かった。彼自身のプライドが、逃げるのを邪魔した。余りにも愚かな誇りが、勇者の逃げ道を見えない壁となり塞ぐのだ。

「お前を殺すまで……逃げるか!!」

「すごいなハリボテ、僕なら尻尾巻いて逃げるけどね……」

「できるか！　そんなみっともない事!!」

この精神力はユートも賞賛したいが、逃げない勇者に理解できなかった。それもそのはず、二人の考え方は根元から違っていたからだ。

ユートは、生き抜く為なら、そして勝つ為ならなんでもする。不意打ちだろうが、罠にかけようが、勝てばよし。例え背を見せても、恥をかいて逃げても、生き抜くなら良しと考えている。だからこそ、今の今まで生き抜いて、この場に立っているのだ。それが傭兵であり、ユートの根元なのだ。

一方、勇者は恥は死より重く、恥を残したまま死ぬなど、また生き抜くなど言語道断だった。勇者のプライドは強く、勇者である自分が逃げるという恥を晒すわけにはいかず、また、恥をかかされたならば、それを拭い去るまでは死ねないと考えた。

だがら、勇者は恥をかかされた目の前の傭兵を許しはしないし、さらには彼から逃げて、また恥の上塗りなどできるわけが無かった。勇者の剣を握る手に力がこもる。切っ先がユートの胸元のラインに置かれ、ユートもまた片手で刀を構えた。

「いい気になるなよ、傭兵……今から勇者である僕の力を見せてやる!!」

そんな事を言う余裕があるのかと、ユートは苦笑した。力があるなら、勿体ぶらずにさっさと見せればいいだろうに。勇者の構えが変わり、上段に構えた瞬間だった。

「はぁあああああ!!」

咆哮と共に、勇者レンの周りからいつの間にやら炎が渦巻き、彼を包み込むと、その剣に炎が纏わり付いた。そして、一度体を回転させてから、その炎を纏った剣を唐竹に振り下ろした。

「喰らえ傭兵！　龍炎剣!!」

「おい、距離に入ってないのに……馬鹿かおま……何っ!?」

ユートは、距離をだいぶ離したレンが、炎の剣を振り下ろした事に苛立った。ついに自分の間合いすら分からなくなったかと、溜息を吐こうとした瞬間、ユートは驚愕した。

剣に纏う炎が、地面の草を燃やしながら三日月の形になり、ユートへと向かってきたのだ。見誤ったのは自分かと気づいたユートだが、もう遅かった。

「っおおぉぉおあああっ!?」

三日月の炎がユートの胴体に斜めにぶち当たる。炎がユートの服に着火し、斜めのラインに燃え移った。

「水が欲しいか？　薄汚い傭兵め!!　水狼突!!」

追撃のチャンスと見た勇者レンの顔に、不敵な笑顔が浮かぶ。続いて構え直した勇者の剣に水流が螺旋を描いて現れ、突きを放った瞬間その水流が、巨大な狼の形となり、火を受けたユートへ襲いかかる。

「くぁあああっ!?」

狼の形をした強力な水流を受けたユートは、身体の火を鎮火されながら吹き飛ばされ、地面を転がった。

「まだだ！　土荒刃!!」

すぐさま立ち上がろうとしたユートに、勇者は追撃を緩めなかった。レンは地面に自らの剣を突き刺すと、突き刺した場所から針が現れ、また再びユートへと地面を崩しながら突き進む。

「がっっはぁあ!?」

続いて三度目の追撃がユートを襲う。地面から現れた土塊がユートの腹へ当たり、身体が浮き上がった。息を吐き出し、腹を抑えて後ろへとフラフラしながら下がっていく。

「これで最後だ、風刃斬!!」

トドメを宣告したレンは、地面から剣を引き抜き、右の腰元に構えると、ユートへと目標を定めた。周りの空気が、風がレンの剣に集まり、小さな竜巻が現れる。そして右斜め下から左上へと、逆袈裟に剣を振り抜いた。

「わぁあああ!?」

竜巻がよろめくユートへと向かい、少年を飲み込む。小さなかまいたちがユートの皮膚を、服を切り裂き宙高く打ち上げた。

そして、ドサリと音を立て、ユートは地面に落下した。

地面に倒れたユートを見て、勇者レンの顔には笑みが浮かんだ。あれだけ自分を追い詰めた傭兵が、魔法と剣術を合わせた技でこんな様となっている。

これ程清々しい気持ちは久々だった。腹の底からこみ上げる幸福感と笑いに、勇者レンは最初は我慢をしたが、やはり我慢など出来ず、ゆっくり笑い出した。

「ふっ……くっ……くくく、ははははははははっ!」

そして、小さな笑い声はやはり、大きく強くなっていき、辺りにはレンの高らかな笑い声が響き渡った。

「あはははほははは、あーっはっはっはっはっはっはっ!!」

背を反り、空に向かい大声で笑い声を放つレンは、やがて大の字に倒れたユートに、目線を向けた。

「何が、何がぁ尻尾巻いて逃げたらだぁ!! やはり薄汚い傭兵……勇者である僕が負けるだの逃げるだのそんな事をする必要は無かった!! おい、立ったらどうだよ!? さっさと立ってみろよ！ あ、無理かぁ？ だはははははははは!!」


勇者が高笑いをする中、アヴェールはまともにユキナの魔法を身体に受けて、潰された蛙のようになっていた。

「よ、容赦無いねバンビーナ……いやはや予想外だわ……だけど、この位なら逆に気持ちいいね」

ユートからユキナを引き離す役を買って出たはいいが、少々ヤリ方を間違えたアヴェール。癖っ毛な赤い髪は、さらにぐしゃぐしゃとなり、着ていたシャツが焦げ、身体から煙が出ている。しかし、さほど痛みは感じない。それどころか、少し興奮すら彼は覚えていた。

「この変態！ あ、貴方が悪いんですよ!? あんな変な事をするからッ!!」

「あー、バンビーナ……罵る時はもっと力強く頼むよ……いや、無理してやらなくてもいいし」

赤面して恥ずかしそうに、ユキナはアヴェールを叱る。だが、アヴェールは自身のペースを崩しはせず、逆にユキナ罵る時のアドバイスをする。そして、地面に手を突いてゆっくり立ち上がり、ユキナの顔を笑顔でしっかり見つめる。

「お、お願いです！　通して下さい!!　……じゃないと貴方、死にますよ!?」

ユキナはその笑みに、不気味な感覚と恐怖心すら覚えた。再び杖を構えて、アヴェールに向けて、通せと言う。

「こんな猫に引っ掻かれた様な傷、バンビーノの蹴りより大した事は無いよ？　つーかバンビーナ、なーんでそんなに急ぐわけ？　うちのバンビーノはご覧の通り倒れてるよ？」

しかし、アヴェールは両手を拡げて大した事は無いと言い張った。そして、なぜそんな焦りを抱いているのかと、後ろの少し離れた場所で倒れているユートを親指で示した。

「なんでかなー？別に勇者は勝ってるみたいだしー？お兄さん分からないなー？」

「な、なんでって……」

アヴェールの瞳が、ユキナの瞳と合った瞬間。ユキナはギクリと、焦る理由を彼に見抜かれた感覚を覚えた。そして、今の自身の態度や行動を悔いた。彼女は、アヴェールと名乗る、ユートの仲間に、心を見透かされたのだと理解した。

「んーッ、また焦ったねバンビーナ？　まぁ、確かにお兄さんびっくりしたさ、なんせバンビーノがさっきまであんなに勇者を追い詰めてたのに、まさかあんな格好いい技で、バンビーノを倒してるもん」

額に右の人さし指を当てがい、アヴェールはうんうんと、頭を縦に振って状況を理解できている素振りを見せる。ユキナは、彼が何故自分が焦ったのか、その理由すらも気付いている事に絶句する。

「火に、水に、風に、土、お兄さん魔法は使えないけど基本だから分かるよ、魔法の四大属性って……それを全部ぶつけられてバンビーノは倒れた……」

けど、と、アヴェールが倒れているユートを少し見てから、またユキナに顔を向けた。その顔はやるせなさというか、まるで今までの苦労が徒労に終わった人間を慰めるような表情だった。

「シニョール、キョウスイの言葉を借りるなら……あんなので、ユートがくたばるわきゃあねぇだろって感じかな?」

アヴェールがそう言った時、後ろで大の字に倒れていたユートが、おもむろに起き上がった。


「んしょっと……」

むくりと、ユートが立ち上がる。そして傷だらけのコートに付着した土や砂埃を手で叩いて払い始めたのだ。

これには、当の奥の手を使った勇者本人も、自信満々に勇者の実力が上がったと言ったメルディも、まさかの反撃に驚いたリッドも口を開けてポカンとするしかなかった。

「んな、馬鹿な……マジかよ……」

キョウスイの関節技から抜けたリッドが、しばらく彼と睨み続けていたが、これにはそう呟いた。

勇者の奥の手である魔法を纏った剣術を喰らっても、あの傭兵は立ち上がったからだ。

「そんな……嘘よこんなの……まさか本当に化けも……」

メルディも、なぜ奥の手が直撃をした筈の人間が立ち上がってきたのかパニックに陥った。その刹那だった。

「ふ、ふざけるなぁあああ!!」

若い怒声が、草原に響いた。勇者レンの咆哮に、メルディはビクリと身体を震わせる。レンは今しがた、自分の全力をユートにぶつけたのだ。奥の手である魔法を帯びた剣、自分の強さの証、それをぶつけられてなお、ユートは立ち上がったのだ。

しかもそれが、苦しそうな表情を浮かべるならともかく、先程の事など無かったも同然だと言う態度で、自然に立ち上がり、付いた砂埃や草を払ってみせた。

「ふざけちゃいないよ、ていうか……何いきなり叫んでるの？」

「何故だ!?　貴様はなぜ立ち上がれる、魔法を纏った剣だぞ!?　炎が身体を燃やし、水流が骨を砕き、風が切り裂き！　土がお前を貫いたはずだ!!」

目の前の現実を受け入れられないレンは叫ぶ。先程まで、希望と自身の強さに酔いしれていた表情が絶望に歪んでいる。何故倒れない？　何故死なない？　もしや目の前に居るのは、本当に人間の皮を被った化け物かと、レンは身体を震わせた。

しかし、ユートはそんな勇者の状態など、どこ吹く風と、頭に付いた草を払ってから言葉をかける。

「あのさ……はっきり言うけど……アンタの魔法、全然効かないんだよ」

一通り体に付いた砂埃を払い落とし、ユートは勇者レンに言い放った。それを聞いたレンが、ギリギリと歯をきしませてユートを睨みつけると、再び剣に魔力を集中させて炎を纏わせる。

「痩せ我慢だ……そうだ痩せ我慢だろうが、嘘を吐くな薄汚い傭兵がぁあああ!!」

再び、勇者は自慢の技である『龍炎剣』を放った。炎の刃の軌跡が斜めに描かれ、そしてユートに直撃した。またもユートの服に着火し、炎がユートのコートに燃え広がっていく。

「どうだ！　熱いだろ、痛いだろう⁉　そのまま焼け死……」

だが、ユートはゆっくりと両手を拡げた。手に注目させるような動きに、周りの皆が静まる。そして、ユートはその両手で、コートに着いた火をはたき始めたのだ。はたいただけ。それだけでレンの炎がどんどん消火されていく。

「炎ならランジェさんの炎の魔法の方が熱いよ。あの人の炎は遠くに居ても熱さがわかるんだ。それに比べたら……まるでそう……暖炉にぬくぬく当たってる感じだな、ハリボテの炎は」

全ての炎を消しながら、ユートは勇者に言い放った。そして、まさにその通りだと言うような光景を、ランジェと言い争いをしていたメルディが気づいたのだ。

「そんな……あんなに燃えてた服が、服が燃えてない⁉」

メルディが見たのはユートが着ていたコートが燃えていないという、異様な光景だった。確かに火は燃え移っていたのに、焦げどころか煙一つ立ててないのだ。

「そんな……馬鹿なっ⁉　す、水狼突‼」

自分の火の魔法を帯びた剣が、手で消火された勇者は、現実を受け入れる事ができずに、再び剣を構える。螺旋の水流を剣に纏わせて、突きを放つと水流がユートの胸元目掛け発射される。

「はぁあああっ‼」

しかしユートは避けない。ユートは腕を十字に組みその水流を防いだ。それどころかユートは、水流の力を押しのけるように力強く前進していく。

「嘘だ……こんなの嘘だぁ!!」

「水の魔法ならお前の仲間の魔術師の方が圧倒的に強い。本当に鋭い斬れ味だからな……それに対してお前のこれは、小川のせせらぎ程度だな」

水流を跳ね除けて進む傭兵に、勇者は恐怖に身体を竦ませた。

目の前で行われる、えげつない行為。魔法をその生身の身体に受けながらも、傷一つ付かない傭兵を見て、メルディが冷や汗を垂らしながら、震える声で呟いた。

「なんで？　生身の身体で魔法を跳ね除けるなんて、できるわけないわ……なんでよぉ、なんで、勇者様の魔法で倒れないのよぉ……」

ブツブツと、信じられない光景に呟く少女に、ランジェが溜息を吐いてからキツく、現実を口から紡いだ。

「現実逃避はやめなさいなメルディちゃん？　魔術師である貴女が、いや……私たちが一番分かる筈よ？」

理由を理解できるのは、魔法を使える自分達。それを聞いたメルディが頭を抱え蹲る。彼女も分かっていたのだ。魔法を使えるとはいえ、勇者の使う魔法が傭兵に傷一つ負わせれない理由を。

だが、言いたくはなかった。言えば、勇者の一縷の望みが砕け散るのだから。

「言いたく無いわ！　言えるわけないじゃない!!　だって、だって勇者様の魔法は……」

「経験不足による、マナ操作の不具合……基本すら出来ないのに魔法使うから、ああなるのよ」

言わないならと、ランジェはピシャリと現実を言い放った。

勇者の顔を冷や汗が、鳥肌が覆う。信じられない出来事にレンは発狂の一歩前まで追い詰められていた。

「こんな事……あってたまるかぁあああ!!　土荒刃!!」

絶叫と共に剣を地面に刺して放った土の針が、地面を走りユートへ向かって行く。そしてまた、ユートの腹へとその切っ先を突き立てようとした。

「ゼェアッ!!」

だが、駄目だった。ユートは向かって来た土の針を気合い一つと共に放った蹴りで、蹴り砕いたのだ。手に持った愛刀で斬る必要すら無いと、魔法を放った勇者レンへ見せつけた。

「土の魔法なら、刺客だったロマルナの女騎士ルーディィに習え、あの人の土の魔法は僕の皮膚を抉る程固かったぞ……それに比べ、お前の土の魔法は粘土としか思えない！」

破片を踏みつけて、また一歩勇者へと少年は歩を進める。近づいて来た傭兵に、勇者は悪あがきの一撃を叫びながら放った。

「う、うわぁあああああ!?　風刃斬!!」

袈裟に振り切った剣から、竜巻が放たれユートを包み込む。コートがたなびき、少年のジーンズを切り裂き、皮膚を切り裂く。しかし歩みは止まらない。強風の中を普通に歩いて、そしてユートの右手が勇者レンの襟首を掴んだ。

「はぁあっ!?」

「風の魔法なら……お前に狂信的だった僧侶の方が強かった。壁にたたきつけられたしな。それに比べたらお前の魔法は……」

竜巻の中から、傭兵の左手が伸びて更に襟首を掴む。離す気など無いと強い力を感じた勇者レンは、ユートの頭が仰け反って行くのを見て、必死に引き離そうとユートの手を掴んだ。

「ま、待て！　やめっ」

「そよ風なんだよぉぉぉおおおおおお！」

「がっぺっぺぇっ⁉」

ユートの叫びと共に放たれたのは、勢い付いた頭突き。その力を乗せた額がレンの鼻の辺りに直撃し、潰れた音と共に鼻の周辺を陥没させた。

「あがっ！　ひぇええっ⁉　やめへっ！　やめぇえあがぁ⁉」

「っだらぁあああああ‼」

続いてユートは二発、三発、四発と、何度も勇者レンの顔面に頭突きを放った。その度にレンの顔からひしゃげる音が聞こえ、ユートの額を血に染め、レンの顔から血を垂れ流す。レンの手はユートを必死に引き剥がそうとはしていたが、二発目からダラリと力を無くし、身体もユートが腕で釣り上げて、無理矢理立たせていた。

やがて、三十と何発目の頭突きを放ち終えて、ユートはその手元でぐったりとしている勇者を見て、手を離した。

「チッ、呆気ない……」

ユートは倒れた勇者を見下ろすと、そのまま背を向けた。

リッドは、言葉一つ出なかった。こんなにも、一方的に終わるとは思わなかったのだ。勇者レンが反撃して、一縷の望みが見えたのだ、もしかしたら勝てると信じていた。だが、現実は甘くは無かった。

全て終わったかの様に、目の前で相手になったキョウスイがキセルを咥え、ユートの元へ歩き始める。それを見て、リッドは止めようとした。待てよと、まだ勝負はついてねぇと。そう口から出そうとした瞬間だった。

「やるなら構わねぇがぁ……テメェもああなるぜぇ？　大事にしなぁ……テメェ、生きてんだからよぉ？」

リッドの言葉より先にキョウスイが、こちらに向かずリッドに向かってそう言ったのだ。ああなる、即ち勇者と同じ様になると聞いて、リッドの足はすくんで止まった。それはもう、容赦しないという意味なのだとリッドは理解して、うなだれるしか無かった。

「そんな、勇者様が、死んだ……死んだの？」

メルディも、足の力が抜けてその場に座りこんでしまった。なんとも呆気なくて、簡単な彼の幕切れを、彼女は信じられなかった。これから旅をして洗礼を受け、魔王の前に立つ筈だった勇者が、こんな道半ばで現れた一介の傭兵に殺される。そんな事を受け入れる事は出来なかった。

「ま、誰しも終わる時は呆気なく終わるものよ……彼もそうだっただけよメルディちゃん？　……しかし容赦無いわねユートちゃん。何発頭突きしたのか分からないわ……」

そんなメルディに、ランジェは諦めなさいと諭しながら、杖を谷間にしまってユートの元へと向かう。

「ウッハー！　こりゃお兄さんの股間への蹴りは優しい方ってのがしっかりわかったよ……さて、お兄さんもバンビーノを迎えないとね！」

ユキナを止めていたアヴェールは、彼女への配慮をせずにすぐさまユートの元へ向かおうとした。ユキナは、倒れ伏す勇者であり、幼馴染でもあるレンへと視線を移すが、どういった反応をすればいいのか整理が付かなかった。死んで当たり前、立ち向かってどうしたかったのか……。分からずに、ただ佇んでいた。

「あ、そうそうバンビーナ……」

ユートの元へ向かうアヴェールが、歩みを止めて言った。バンビーナとは、私の事だろうかと、ユキナはアヴェールへと顔を向ける。

「なんでしょうか、変態さん……」

ユキナはアヴェールが話そうとした事を聞こうと返事をする。すると、アヴェールは少し上を見て、言うべきかどうかと考えた末、やはり口に出すのはやめようと感じて、呟いた。

「いや……まっ、野暮だしこれは聞かない事にするよ」

彼もまた、背を見せながらユートを迎えに行く。そんな中、アヴェールはユキナを見てずっと気になっていた事があり、頭の中でこの疑問の答えを探していた。

気になっていたのは、彼女の視線だった。アヴェールがユキナを止めていた時、彼女の視線はある方向を何度か見ていた。それが、自分の背後で闘っていたユートへ向けた視線だと、アヴェールは気付いていた。勇者を気に掛けて、勇者に視線を向けるのはわかる。だが、彼女が終始ユートへ視線を向けていたのだ。それがなぜなのかと彼女に聞こうとしたが、やめた。

額にべったり着いた、勇者の返り血は粘り気があった。それをユートはしっかりと右手のひらで拭い、そして右手を振って地面に振り落とした。あれだけ容赦無く頭突きを放ったのだから、もう起き上がる事は無いだろう。ユートはこちらに向かって来る仲間たちの元へと歩み寄った。

「当分は起きねぇなぁあれはぁ……ピクリとも動いちゃいねぇ……」

「あぁ、多分死んだよあいつ……生きてたらびっくりな位に頭突きを叩き込んだからさ?」

キセルを咥えたキョウスイが、倒れ伏した勇者を見て感想を言うと、ユートは生きてたらびっくりだという程に叩きのめしたから問題は無いよと答えた。

「もうあの子達に戦意は無いわね……なら、行きましょうか?」

「そうしようぜ、お兄さんまた騎士団とキャッキャウフフな追いかけっこなんて嫌だからさ?」

そして、ランジェとアヴェールが二人の元へとやって来ると、ランジェはキョウスイの咥えたキセルに火を付けながらそう言った。勇者を倒され、戦意を失い何もしてこない勇者一行を見ての提案だった。

そしてアヴェールも、勇者以外の追手であるシェイン王国のワイバーン隊が来るまでにずらかろうと賛同する。

「じゃ、行こうか？　南はどっちだったかな？」

「あぁ、待ちなユートぉ……今コンパス出すからよぉ？」

ユートの提案に、キョウスイがユートから預かっていたザックからコンパスを出そうとザックの口を開けた。

その時だった。ユートの耳に何かが燃える音が聞こえたのは。そして、鼻に火薬の匂いを感じたのは。それらの音が聞こえ、匂った方向は真後ろ、即ち勇者が倒れていた場所である。

勢いよく振り返り、ユートは後ろを見た。勇者レンが足をぐらつかせ、右手で顔を隠しながら、左手に木製の筒を掴んでいた。木製の筒の片側には導火線があり、すでに着火されていた。

「逃がすかよぉ……お前ら薄汚い連中をぉ……このまま逃がしてたまるがあああぁ!!」

血が付いた金髪で隠れている勇者の顔は、最早顔とは言えなかった。唇は紫に腫れ、顔面が所々凹凸を作り、鼻は凹んでいた。血の涎を撒き散らしながら、勇者レンは木の筒を上空に向けた。

そして、導火線が燃え尽きた瞬間、木の筒から光を浴びた玉が上空へ勢いよく発射された。その玉は高く高く舞い上がり、そしてある地点で爆発し、赤色の花火を咲かせたのだ。

「おい、まさかのまさかだけどさ……お兄さんが思うにあれは、花火だよね？」

「あぁ、汚ねえ花火だぁ……つまりあの勇者のガキはぁ……」

上空に咲いた花火を眺めて、アヴェールは冷や汗を流し、キョウスイは舌打ちをして冷ややかな視線を勇者に向ける。そしてユートは、その瞳に勇者の下衆な笑みを映し、その姿をしっかり見据えていた。

「あーはっはっはっははは！僕が今何をしたか分かるか？　分かるよなぁ!?　そうだ、呼んだんだよぉ、王国のワイバーン部隊をなぁ、お前ら皆捕まって皆殺しなんだよぉ！　ざまぁみろ！　あ〜はっはっは、あ〜はははははは!!」

起き上がった勇者がとった行動。それはユート達を共に追っていたバルドー率いるワイバーン部隊を、花火を使い呼び出すための花火。つまり、勝てないと分かり仲間を呼んだのだ。

「き、キタネー!!　あんた本当に勇者かよ!?　お兄さん幻滅どころじゃあないぜ!?」

狂ったように笑う勇者に、アヴェールが反論した。しかし勇者は聞く耳を持たず、傍にある剣を右手に持ち、構えた。

勇者が騎士団を呼ぶ為に花火を放った行動への反応は様々だった。それこそ、アヴェールはいの一番に、お前それでも勇者かよと呆れと怒りに叫んだ。キョウスイとランジェは、情けないとため息を吐きながらも、これからどう動くべきかと考えた。

「何を呆けている貴様ら、奴らにさっさと襲い掛かれ!!」

変形した顔を血に染めた金髪で隠しながら、勇者レンは仲間達に指示を飛ばした。生きていた勇者レンを見て、皆口を開けて意識を何処かへ飛ばしてしまっていたが為に、彼の指示を慌てて聞いたリッドとメルディが各々の武器を構えた、ユキナも杖を構えようとしている。

その時だった、緊迫した状態の中で一つ、ゆっくりとした拍手が辺りに鳴り響いたのだ。拍手をしているのはユートだった。ユートは勇者を見つめながら拍手をすると、ゆっくり彼に向かい歩き始める。

「凄いなハリボテ……生きてるだけじゃあなくて、勝てないと分かって仲間を呼ぶとは——勇者の誇りも何もあったもんじゃないな？」

「黙れ傭兵！　死の間際だ……諦めるんだなぁ？」

傭兵ユートの放つ視線は冷たく、呆れと軽蔑が混じっていた。それを聞いた勇者レンだが、最早怒りなど感じてはいなかった。発狂の果てに、怒りなど吹き飛んでしまったからだ。今はただ、どんな手を使ってでも目の前の傭兵を殺す。彼にはそれだけしか頭に無かった。

「だけど……それでいい、それが手段として一番だ。卑怯だのなんだと言われようと、勝てばいい……仲間を呼ぼうが逃げようが、さらに——不意打ちをしようがな？」

「な、何っ？」

だが、ユートは卑怯だとは言わない。なぜなら、自分でもそうするからだ。ユートの根底に、綺麗な騎士道や誇りなどは無いからだ。戦いに勝つためならなんでもする。生き残る為なら背を向けて逃げる。だから、ユートはレンの仲間を呼ぶ手段には、何も言わなかった。むしろ、拍手と共に賞賛したのだった。

「花火を見たワイバーン隊が来るまで、あと数十秒か……確かに、シェイン王国ワイバーン隊を相手に、僕達四人は手こずるし負けるだろう。なら、逃げるわけだが……お前らは地の果てまで追って来るだろうな？」

一歩、また一歩とユートはレンに近づいて行く。そして、あと数歩の所で立ち止まった。

「ハリボテ、お前が手段を選ばないならば、僕も手段を選ぶのをやめよう……そうだ、生き残る為なら僕は――」

そして、ユートはゆっくりと右手を挙げて、勇者の身体に向けた。その瞬間、その場に居た皆が目を見開いて驚いた。中でもアヴェールは、ユートの挙げた右手に持っていた物を目に映した瞬間、いつの間にと、腰のホルスターを確認した。

「ちょっ！　バンビーノいつの間に!?」

ユートの手に握られていたのは、アヴェールの携えていたリボルバーだった。いつかは分からないが、アヴェールは愛銃のリボルバーを抜き取られていたのだ。

「僕は……手段を選ばない！」

再度、自分の意思を確認するかの様にユートは叫び、リボルバーの引き金を引いた。発砲音と共に銃口から放たれた弾丸が、レンの太ももを貫通して肉を抉った。

「うわがぁぁあああ!?　足、足があぁぁあああ!!」

「勇者様ぁ！　この、貴方一体何を!?」

銃弾が貫通する激痛に、勇者が崩れ落ちた。剣を握っていた手を離して、両手で太ももに空けられた穴を塞ぐ様に、彼は抑えてうずくまった。その光景にメルディが、怒りに打ち震えて声を上げたが、ユートが聞く訳がなかった。

ユートはうずくまった勇者に近付き、その剣を蹴って彼から離した。そして、そのうずくまる勇者に再びリボルバーの銃口を向け、そして勇者一行の面々に向かい言い放った。

「全員、得物を捨てて抵抗をやめろ。抵抗をした瞬間、この勇者の頭を撃ち抜く!!」

「こ、この……卑怯者!!」

傭兵ユートは、勇者レンを人質に取り、勇者一行へ抵抗をやめる様に促した。

第四章
世界を人質にした傭兵

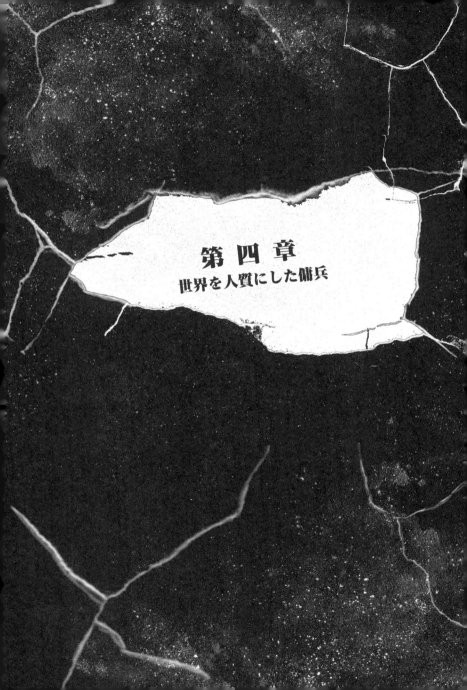

勇者に渡した信号弾の花火を見たワイバーン部隊の隊長バルドーは、すぐさま自慢のワイバーンを駆り、花火の発射地点へと駆ける。途中、他の地点を探していた部隊の仲間達も、信号弾に気付いた者から、バルドーの姿を見た者までもが、彼に続くようにワイバーンに跨り、空を舞った。

「急げ！　皆ついて来い、勇者様の救難信号だ!!」

次々と加わるワイバーンに跨った部隊の仲間達に、バルドーは檄を飛ばして叱咤する。信号弾の発射地点まではそう距離は無く、飛んで数十秒の距離だが、救難信号を出した以上、勇者レンに何かあった事は明らかだからだ。

その時、信号弾の放たれた方向から、銃声が一つ鳴り響いたのをバルドーは聞いた。

なんだ？　なぜ、今銃声が聞こえた？　バルドーは不信と焦燥感から、ワイバーンに繋いだ手綱を身体に打ち付け、先を急ぐ。

すると、森の中に円形に開いた草原が真下に見えた。確か信号弾が放たれたのはこの位置だろうと、彼は真下を見下ろす。そして見えた。見えてしまったのだ。

勇者レンが両手を後ろに縛られ、そして小さな少年に拳銃らしきものを突きつけている。その少年の後ろに仲間達らしき姿が、そして勇者の仲間達が、勇者レンより少し離れた場所に居た。

バルドーは状況を一瞬で理解し、そして顔をしかめた。今、勇者レン・ガーランドは人質として、指名手配の傭兵達に取られている。仲間達が何もできず立ち尽くしているのはその為かと、バルドーは舌打ちした。

「全員降下！　降下ぁああ!!」

バルドーは付いてきた者たち全員に聞こえる様に、声を張り上げて指示を出した。バルドーもまた手綱を引いてワイバーンの顎を上げさせて、ゆっくり降下するように指示を出した。

草原の広がる開けた地に、次々とワイバーンに乗った騎士達が降り立つ。バルドーがその先頭に立つと、目の前には何も出来ずに立ち尽くす勇者の仲間達が此方に振り向いた。

「バルドー……来たのですね？」

「メルディ様、後はこちらにお任せを……」

三角帽子の魔術師メルディが歯を食いしばり、耐えるような表情をバルドーに見せる。それを見たバルドーは、全てを察してかゆっくり歩を進めて勇者の仲間達の元へ向かう。

そして、彼等の間を割って前に立ち、その光景をしかと見つめた。勇者が両手を縛られ跪き、そしてその左側には、手配書にもあった顔、傭兵ユートがリボルバーを突きつけ此方を見ていた。

「さっき、勇者と一緒に居た人だよね？　あんたも、武器を捨てなよ」

バルドーは、この少年が勇者を痛めつけ、城を爆破して脱獄。さらには此方の手配した刺客を退けた事が信じ難かった。

だが、改めてその少年の表情を見て、全てが本当だと理解した。黒い瞳の鋭い目つき、身体から発せられる、死線を越えた雰囲気と年齢以上の鍛え上げられた身体。

そこからバルドー騎士隊長は、下手な行動は出来ないと、携えた左腰の剣を鞘ごと外して地面に捨てた。

「私はバルドー。バルドー・リッシュベルト。シェイン王国騎士団長だ」

「あんた達が追ってる、傭兵のユートだ……で、この状況だけど、あんたどうする？」

この状況、つまり此方は人質を取っているという事だ。しかも、それが世界を救う救世主の勇者であり、そしてシェイン王国の象徴だというのもバルドーは分かっている。

ならば、とバルドーな右手を上げて後ろに続いて来た部下達を下がらせた。バルドーは、もう勇者を救うには少年の取り引きに応じるしかなく、少年が出す要求を飲むしかないだろうと分かってしまったのだ。

「君の、君たちの要求を聞こうか……」

それは、屈辱の降伏だった。決して、屈してはならない相手に屈してしまう。最悪の降伏だった。

ユートは、リボルバーを勇者レンから二、三歩離れた場所から頭部に突きつける。少し離れる理由は、勇者が何かしら抵抗した際に銃を落としたりしない様にする為の保険だった。

相手は良く修練された兵士であり、下手を打てば雪崩の様に襲いかかるだろう。下手をしない為に
ユートは対策は怠らなかった。

さて、要求は何だと言われたユートだが、それはただ一つだった。

『ここから逃げる』

である。つまり見逃してくれさえすればそれでいいのだ。しかし、ユートはそれだけで良いのかと考えた。

今思えば始まりは、ユートがパレードの際に勇者を叩きのめした事から始まる。それさえ無ければ、

こんな逃避行をする事はなかった。平和に、自身の仕事を全うできたのだ。

だが、勇者を叩きのめしたからこその出来事もあった。

それがなければ欲望の隠れ里ネムステルで、ランジェやイズナに会うことは出来なかっただろう。

シェイン・キャッスルの牢獄ではアヴェールと、そしてライン王子とも出会わなかった。刺客である、ルーディーとももちろん出会わなかった。

ユートはそんな事を思いながら振り返る。そこにはキョウスイが居る。ランジェが、アヴェールが居る。そう、あの一件で仲間が出来たのも事実だった。

あの一件がユートと共に逃げる仲間を、ユートと共に歩む仲間を作ったのだ。ならばと、ユートは息をゆっくり吸いながら、バルドーを見つめた。

「僕が、あんたに……いや、シェイン王国に望む要求、それは……」

×

少年の口から放たれた要求。

それを聞いたバルドー騎士隊長が、メルディが、リッドが、ユキナが、そして、ユートにリボルバーを突きつけられた勇者レンと、後ろに居たユートの仲間達、皆が驚いた。こんなにも、強欲で自分勝手な要求は聞いた事もなかった。最早、駄々をこねる子供の頼みにしか聞こえなかったのだ。

「ふ、ふざけるなよ少年!! そんな要求、通ると思うか!?」

これにはバルドーも、覚悟こそしていたが声を荒げざるを得なかった。手に力が入り、さらには歯を食いしばり歯茎から血が滲んだ。

「聞こえなかったか、ならもう一度言ってやる、僕の要求をね？」

しかし、ユートはその要求を通す気でいた。いや、絶対に通すと決めたのだ。聞こえるまで、要求を飲むまで言う心持ちで、ユートは再度要求を口から放った。

「第一に、僕達をこの場から逃がす事」

まずは自分達の生還確約を、そして逃亡生活の終わりを約束するよう言った。これはまず確約させなければならない要求だった。

「第二に、僕達の罪を、そして指名手配を取り消し、手配書を撤去する事だ！」

第二の要求。それは、勇者に刃向かい、さらにはシェイン王国に反旗を翻す行動をした四人全員を許せと言うのだ。これは、ユートがキョウスイ、ランジェ、アヴェール達の為を思った要求でもあった。自分に付いて来たから、このような大罪を背負ってしまった三人への恩返しを込めた要求だった。

「そして、最後の要求は……お前らが負けを認めろ。それもシェイン王国が、国として僕達に敗北を認めるんだ」

最後の要求は、最早自己満足だった。少年は復讐を込めた要求を騎士団と騎士隊長バルドーへ言い放つ。それは、自分の両親を奪ったシェイン王国へ、敗北を認めさせる事だった。

「聞こえている！　聞こえているからこそ、ふざけるなと言ったのだ傭兵！」

バルドーは、要求を受け入れる事など出来るないと反論した。最初の要求は分かる。それが一番に来るだろうとバルドーも予想できた。だが、第二第三の要求が余りにも飲めるものでは無いのだ。

まず、指名手配の解除。それはこのシェイン王国の象徴勇者を傷つけた異端者を許す事になる。そんな事はあってはならないのだ。勇者に唾を吐いた人間を許せば、それはこの国の恥、汚点となるのだから。

そして、負けを認める要求。これこそ絶対にあってはならない、飲んではならない要求だった。勇者に仇なす人間に、勇者信奉を掲げる人間、国が屈する。それこそ、国が崩壊してもおかしくない要求だ。

それだけは避けなくてはならないと、バルドーはユートに指差しながら言い放った。屈しはしないと、強い思いを乗せて口を開けた。

「傭兵よ！　我々シェイン王国の人間が、異端者のお前らに屈すると思うか!?　そんな要求飲めると思うか!!　馬鹿も休み休み……」

その時だった、ユートはその口舌の最中に、躊躇いなく引き金を引いたのだった。辺りに響く発砲音と共に、勇者の横腹に弾丸が当たった。

「うがぁああ!?　うあっ！　あぁあぁぁああ!!」

「勇者様っ!?」

「よ、傭兵!?　貴様一体何をしている!?」

躊躇いのない一発に、勇者が地面に這いつくばり横腹から血を流す。メルディは涙目で叫び、バルドーは傭兵ユートの突然の発砲に驚き、慌てふためいた。そんな彼らをよそに、ユートはリボルバーの弾倉を開いて残弾を確認しながら、バルドーに対して声を上げた。

「バルドー！　今ここにいる人質は誰だ!!」

騎士団の者にも、皆にも聞こえるように、ユートはバルドーに質問した。それを聞いたバルドーは、怒りを露わにしながらユートに返答する。

「な、何を分かり切った事を言うか！　勇者様だ、勇者レン・ガーランドだ!!」

怒りの返答。それを聞いたユートが、鋭い目つきで睨みつけながら、ゆっくりと理解させるように口を動かした。

「そうだ、勇者レン・ガーランド……世界を救う救世主で、シェイン王国の象徴……そして――」

最後に、ユートは息継ぎをしてから、一言バルドーに向かって言い放った。

「世界の命運だ……そうでしょ、バルドー騎士隊長？」

その一言が、バルドー・リッシュベルトを凍りつかせ、反論を封じた。バルドーは気づいた。自分が何を人質に取られているのか。本当の人質は『何か』気づいた。そして、その『何か』を容易く交渉に持ってきた、目の前の小さな傭兵に恐怖したのだった。

「ま、待て、無理だ！　そんな事を私の一存では決めれない!!」

気づいたバルドー騎士隊長は、両手を上げて傭兵に待ったを掛けた。

アヴェールは、突然弱気になった騎士隊長バルドーを見て首を傾げた。なぜあんなに威勢が良かったのに、ユートの二言三言であんなに弱腰になったのか理解出来なかった。

「あー、んっと、シニョール？　なーんでやっこさんは弱腰になったの？　玉潰された？」

アヴェールは右隣に居るキョウスイに話しかけてみたが、しかし反応が無い。いつもなら憎まれ口を叩きながら答えるはずが、返答がない。

「シニョールキョウスイ、どうした……よ？」

アヴェールは返答無きキョウスイの居る右隣に首を向けてどうかしたかと聞いた。そんなアヴェールの目に映ったのは、目を見開き驚愕の表情を浮かべたキョウスイだった。

「やりやがった……ユートの奴、やりやがったぁ！」

「おわっ!?　ちょっとシニョール！　バンビーノは一体何をやったのさ!?」

独り言にしてはやけに張り上げた声に、アヴェールは身体をビクリと震わせた。しかし、アヴェールはユートが一体何をやったのかは分からない。一体ユートが何をしたのかと、アヴェールは再度聞いた。

「分からねぇかゲイ野郎ぉ!!　ユートは今誰を人質にしているッ!?」

「え!?　いや、勇者様でしょ？　勇者様じゃん？　それが何かあるのかい？」

「違うわアヴェール、人質は勇者じゃないの……」

まだ分からないのかと、キョウスイが舌打ちした瞬間、代わりにランジェが理由を話し始めた。そんなランジェもまた、身体を抱きしめて冷や汗を一筋流していた。

「いや、勇者なんだけど……勇者に付いてる付属品が、最高の人質とでも言うのかしら？……」

「最高の人質？　付属品？　何か財宝でも身に着けていたかい？」

的外れな事をアヴェールが言うと、ランジェが溜息を吐く。しかし、キョウスイは興奮しながらアヴェールを肯定した。

「いや、間違いじゃあねぇぜぇ？　確かに勇者のガキは着けてらぁ……世界の命運って財宝がなぁ！」

アヴェールがそれを耳にした瞬間、納得してユートの背に素早く視線と身体を向けた。バルドーがいきなり弱腰になった理由、それを知ったアヴェールもまた、興奮しながら呟いた。

「マジかよバンビーノ、あの騎士隊長に世界かお兄さん達かを選ばせる気かい!?」

ユートの一言で、バルドーが一気に弱腰になった理由は簡単だった。人質である勇者レン、それが背負う物を人質に取ったとユートはバルドーに伝えたのだ。

それは、シェイン王国の民の崇拝する国の『象徴』としての勇者であり、脈々と続く勇者の血と言う『伝説』。そして……彼が魔王を倒す希望。つまりは、世界を救う『命運』であることを伝えたのだ。

しかも、ユートはバルドーが要求を飲まないと言うと、容赦無く勇者に発砲したのだ。これは、要求を飲まねば勇者を、ひいては世界の命運を壊すという『覚悟』も見せたのだ。

勇者という世界の命運が壊れれば、その先にあるのは『破滅』の二文字。世界が、絶望に包まれるという恐ろしい末路だった。

バルドーは『世界の命運』を人質にされた事に気づいて、弱腰になった。そして、ユートはあの瞬間、世界の命運をその手に収めたのだ。

「選ばせてやる。僕達を見逃して世界を救うか……それとも世界の命運を壊すか……選べ、バルドー・リッシュベルト!!」

バルドーに残された道は、全ての要求を飲むことだけだった。


声高々に、小さな傭兵は騎士達に問うた。世界の命運か、自分達の命か、どちらを選ぶのかと叫んだ。それを聞いた、人質となった勇者レンが一番に驚いた。

「ま、待て傭兵！　貴様、僕を殺せば世界が終わるのだぞ！　魔王の侵攻を止め、魔王を倒せるのは僕だけだ！　それでも貴様は僕を殺す気か!?」

とても信じられない事に、レンは冷や汗を流しながらユートに早口で聞いた。自分が死ねば世界は魔王により滅びに向かうだけだと、最早命乞いにしか聞こえない説得を始めた。

「そ、そうだ少年、君は確かに今！　勇者を人質に取っている！　だが……よく考えるんだ、そんな事しても無意味だと分からないか？」

バルドーもまた、醜態を晒しながらもユートに説得を試みた。

「こんな事をして何になる？　罪を重ねるだけだ。まだ君は若く未来がある。今反省しなければ君の親御さんにも申し訳ないと……」

そして、バルドーは言ってはならない事を言ってしまった。その瞬間にはもう、ユートは引き金を引いていた。

「あぎぃいいいい!?　ひぃっ！　ひぃいあああああ!?」

再び響いた発砲音。そして次に穴が空いたのは、レンの右肩だった。激痛が身体を襲い、勇者が前のめりに倒れた。突然の発砲にバルドーが凍りつく、バルドーはユートの両親がシェイン王国に殺されている事を知らない。知らないとはいえ、ユートの前で両親の事を話してしまった。それが、ユートに引き金を引かせたのだった。

「レンっ!? やめて……お願いユートさん、やめてぇ!!」

「何倒れてるハリボテ!! ちゃんとその顔を見せろ!!」

惨たらしい、最早拷問と変わりないユートの所業にユキナが叫び涙を流しながらユートにやめてと叫んだ。しかし、ユートは聞いてなかった。そのまま倒れた勇者の後ろの襟を掴み上げてまた座らせる。

「はぁ?」

「ひぃっ、ひはっ、ひはっ、ひはっ……」

そして、ユートは気の抜けた声を出した。勇者レンは泣いていた。両目から涙を流し、そして鼻から粘り気のある鼻血を流して嗚咽を喉から絞り出していた。

「や、やめてくれぇ……もう、お願いだぁ……」

そして、ついに勇者レンは懇願した。もうやめてくれと、泣きながら言葉を紡いだ。

「残念だなぁハリボテ、決めるのは僕じゃあないんだ。目の前に居る……あの騎士が決めるんだよ。騎士隊長の一声でお前は助かるが……どうなるかな?」

ユートの無慈悲な言葉に、レンは腫れて涙と血に濡れた顔をバルドーに向けた。その顔を見たバルドーは、また焦燥を強くするのだった。

自分の一声が、勇者を殺すか生かすかを決めるのだ。勇者を殺せば世界は壊れ、勇者を生かす為に彼らを見逃せば、次は自分が異端者として扱われるのが目に見える。

自分か、世界か。それを天秤に掛ければ、世界の方が重いのは明白。しかし人間というのは、選択を迫られると自分に有利な方がどちらかと考えてしまう生き物だ。

だから、バルドーは一瞬考えてしまう。自分の保身を考えてしまう。そして、ユートがそれを見逃すわけは無かった。

「どうやら――騎士隊長は世界より自分が大事らしいな？」

「なぁっ⁉　待て、違う‼　私は勇者様を助けようと……」

「じゃあ、僕達の要求を全部飲めばいいだろ？　勇者の為ならなんでもできるんじゃあないのか、騎士団の人達はさぁ？」

情けも、容赦も少年には無かった。バルドーは焦燥を通り越して呆然とした。今、目の前で対峙しているのは一人の少年。だが、この少年は世界を人質にし、挙句には勇者を殺す覚悟を見せ、無慈悲に、一方的に要求を飲ませようとする。

バルドーは思った。目の前に居る少年は、ただの人間ではないと。最早あれは、魔王と言っても差し支えないとさえ思ってしまった。

黙り込んでしまったバルドーに、ユートは舌打ちをした。そして、ある事を思い出したのだ。バルドーや勇者の仲間達の背後には、シェイン王国ワイバーン部隊が控えている。あれはつまり、シェイン王国に忠誠を誓っているものであり、勇者レンにも忠誠を誓っている。

ユートの頬が緩み、口角が釣り上がる。ユートは、勇者を完膚なきまで叩きのめした。そして、バルドー騎士隊長の返答次第では、このハリボテを壊すつもりでいる。

しかし、壊すとしても、壊せる物は色々な物があるのだ。例えば……。

「じゃ、勇者……自分が大切な騎士隊長に助けを求めろよ。もしかしたら助かるかもよ?」

「な、なんだって……!?」

そう、肉体ではなく。尊厳や誇りも壊せるのだ。ユートは、目の前で涙を流して助けを求めた勇者レンに、騎士隊長バルドーに助けを求めるように促した。

それは、勇者自身の誇りも壊せるどころか、勇者を信奉する人間である騎士団や、勇者の仲間の信仰心すらも破壊できると、ユートは考えたのだ。

異端者に足蹴にされ、その異端者から助かる為に勇者が助けを求める。なんとも滑稽で、なんとおかしな光景だろうか。ユートは想像するだけで笑いがこみ上げて、笑みを浮かべる。

「ほらやれよ、ハリボテ……」

小さな傭兵は冷たい声と共に、リボルバーを勇者レンに突きつけた。そして、レンは体感したのだ。

死ぬ感覚を、殺されるという感覚を。

確かな少年の意思に、レンの歯がカタカタと音を立て、涙腺からは涙が溢れ出し身体を震わせる。

死が近づく現実に、勇者は生きたいと願う。必死に願う。

「あ、あぁあ……ひぐっ、やだぁ……死にたくないぃ、助けてくれぇ、バルドーぉ、死にたくないよぉ……」

「勇者様……」

「頼むぅ、お願いだぁ……こんな、こんな惨めで弱い僕をぉ、助けてくれ、助けてくれぇええええーーーッ!!　うわぁああああああ!!」

そこに、勇者の姿など無かった。今いるのは、ただ死を前に怯え、泣き叫ぶ餓鬼の姿しか無かった。

こんな餓鬼のどこを、何を勇者様と呼べばいいのか、バルドーは分からなくなってしまいそうになった。

だが、目の前で泣きじゃくり命乞いをするのが、我らの、世界を救う勇者なのだ。

救わねばならないのだ。

「分かった……分かった……要求を飲もう、全て、全てだ!!」

拳を握り、歯を食いしばり耐えながら、バルドーはユートに言い放った。

✕

口約束では駄目だと、ユートが言ったのでキョウスイは羊皮紙をザックから取り出し、近くの切り株で、誓約書を執筆した。ユートはまだ勇者レンに、アヴェールから奪ったリボルバーを突きつけている。

「シニョール、案外達筆なんだね？」

「こういうのはぁ、しっかり書いとかないといけねぇからなぁ？」

羽ペンを走らせるキョウスイの、その中々綺麗な字にアヴェールは感服しながらも、勇者引き渡しの際の誓約書の内容を見る。

誓約書にはこう書かれていた。

『誓約書。我々、シェイン王国は、ユート、キョウスイ、ランジェ、アヴェール四名への敗北を認める。その証として、指名手配及び賞金首の解除をここに誓約する。ついては代わりにそちらから、人質である勇者の返還を欲求する。シェイン王国ワイバーン部隊隊長、バルドー・リッシュベルト』

なんとも、勇者をコケにした文章にアヴェールは少し心が痛んだ。勇者を人として扱わず、物として捉えた文章は、ユートが考えたのだろう。アヴェールは額を人差し指で掻きながら、何を言うべきか悩んだ。

「あーシニョール……あのさぁ、なんて言うかぁ……」

「言っちゃあだめよ、アヴェール？」

しかし、何も言うなとランジェが釘を刺した。

「こんな形でも、私達は助かったんだから……野暮な事を言うのは厳禁よ、言ったら……ユートちゃんの覚悟を無碍《むげ》にするんだから」

そう言ったランジェに、アヴェールは分かったと口を閉じて話をしなかった。ユートは自分達が無事ロマルナに着く為、仲間を呼んだ勇者から逃げる為にと、手段を選ばずに手を汚したのだ。

容赦が無いだとか言う事は、ユートの汚した手を否定し、意味を失くしてしまう。だからランジェはアヴェールに何も言うなと釘を刺すのだった。

かくして、この一枚の羊皮紙の元にこの闘いは幕を閉じた。これにより、シェイン王国内で賞金首となっていた、ユート、キョウスイ、ランジェ、アヴェールの指名手配は無くなり、罪を免除された。そして、シェイン王国は、たった四名の異端者に国が敗北したという恥辱の事実を、歴史に刻む事になる。

屈辱に震える手が、自分の名前を羊皮紙に刻み込む。バルドー・リッシュベルト、生まれ落ちて三十五年の騎士隊長は、人生最大の屈辱を味わわされた。

それは正義である自分達が、悪に屈するという最大の屈辱だった。羽ペンにかかる筆圧がいつもより強く、手が震えていたのはその為だろう。だが、世界を人質に取られたとあれば、バルドーはそれに従うしか無かった。

帰って来た勇者レンの身体と誇りはボロ雑巾のようだった。顔を腫らして血を流し、今は回復の魔法を使える医療兵と、勇者の仲間である僧侶ユキナが治療を行っている。しかし、これ程の大怪我は回復の魔法では治せない。一度城に彼を戻す必要もあった。

バルドーは、草原に倒れ医療兵に治療される勇者を見下ろした。

今思い返せば、今回の戦いは勝てる筈だった。だが、勇者レンは自分勝手にも、小さな強い傭兵だけを狙ったが為に負けた。

そう、勇者レンさえいなければ、シェイン王国騎士団ワイバーン部隊は、ユート一行を捕まえられたのだ。

バルドーは勇者レンに叫んでやりたかった。お前のせいで負けた。お前がいたから国が屈辱の負けを喫したのだと、怒鳴り散らしてやりたかった。

だが、それはできない。それをすれば勇者を批判した自分が異端者となってしまうから。シェイン王国は勇者が全て。騎士達も勇者の為に命を捨てなければならない。

こんな餓鬼でも、勇者なのだから、全てを捧げなければならないのだった。バルドーは思った、勇者は国の足を引っ張る重りでしかないと。しかし口に出す事は出来ずに、バルドーはワイバーン部隊の兵達に伝えた。

「全員、勇者様を連れて帰還だ……すぐに勇者様の治療を城にて行う」

「バルドー隊長……」

「今は、何も言うな……何も聞きたくは無い」

兵士の一人がバルドーの気を案じて話し掛けたが、虚ろな瞳を向けて、兵士に何も言うなとバルドーは言った。そして、バルドーは勇者の仲間達の元へ歩み寄ると、膝を突いて頭を垂れて話した。

「皆様もご同行願えますか？」

勇者の仲間であるメルディやリッドからは、返事が無かった。ただメルディは頭を縦に振った為分かってくれたようだ。

屈辱と、敗北感を胸に抱いてバルドーは自身の乗るワイバーンの元へ向かった。

開けた草原からさらに南へ林を抜け、街道に出たユート達一行は、皆黙っていた。自分達が助かった事に喜びを感じてはいたが、やはりユートの取った手段を見た後では、何を話せばいいか分からなかった。

「よぉ、シニョール、お兄さん達助かったな?」

アヴェールは両手を後頭部に組みながら、キョウスイに話し掛けた。あの後とは言え、アヴェールはやはり辛気臭い雰囲気は苦手だ、ならば一つ自分が道化になるなりして場を和ませるかと彼は考えた。

「だなぁ、何はともあれぇ……助かったんだぁ……」

キョウスイはアヴェールの右側で、キセルをふかしながら歩いている。返事はしてくれたが、やはり心ここに在らずの様子だ。

「よーし！　後はロマルナに南下していくだけだしさ、着いたら遊ぼうぜシニョール！　ロマルナの案内ならお兄さんがするし、酒に女の子にと遊んじゃおうじゃない!!　バンビーノもどうよ？　お兄さん奢っちゃうよ?」

「アヴェール、貴方ねぇ?」

雰囲気を読まずにユートに話し掛けたアヴェールに、後ろに居たランジェがワナワナ震えながらアヴェールに詰め寄った。しかしアヴェールは、ユートが何を言ってるんだと怒りながら蹴りを放つのではと考えていた。

そろそろ来るかと、アヴェールは一番前を歩むユートの背中に近づいた。ユートは立ち止まり、ついに振り向いてお約束の金的が放たれるのではとアヴェールは身構えた。

「ごめんアヴェール、気分が乗らない」

「あ、あら？　どしたよバンビーノ、金的は？　お兄さん少し期待したんだけど？」

だが、ユートはやんわりと断った。しかもその声もどこか可笑しかった。いつもと違う覇気が無い声に、キョウスイの顔が歪んだ。

そして、ユートの身体が一度左右に揺れると、ユートは背中から地面に倒れていった。

しかし、その背中をキョウスイが素早く支えて受け止める。突然倒れかかったユートに、アヴェールもランジェも驚き、ユートに近づいた。

「ユートぉ!!」

「おい！　しっかりしやがれユートぉ!!」

「ユートちゃん大丈夫!?　どこかやっぱり痛むの？　魔法受けてたし……」

「おいおいバンビーノ!?　何がどうしたよ！　大丈夫か？」

二人はユートの顔色を窺うと、ユートは汗をダラダラ流して浅く早い呼吸を繰り返していた。顔色も蒼白で、大丈夫には見えない。一体どうしたのかはさて置き、ランジェがユートの背中を撫で、アヴェールは慌てて水筒を取り出した。

「極度な緊張からの疲労だなぁ……少し横にしねぇとぉ……」

顔色を見たキョウスイは、やはり先程の駆け引きでユートの精神的な消耗が激しかった事を理解した。すぐにユートを横にしなければと辺りを見回す。すると近場に大木がそびえ立っていたので、ユートをそこに運び出した。

✕

上空に舞う、幾つもの巨大な影。雲の上を滑空する一匹のワイバーンの上に、ユキナは勇者を寝かせながら跨がっていた。見てわかるように、勇者の顔面は酷いことになっている。所々変形しており、目も当てられない。

レンをこんな風にしたのは、自分を三度救った、あの小さな傭兵である。戦いに見た彼の非常さや残忍さをユキナはしっかり目に焼き付けていた。

だが、脳裏に彼が気恥ずかしく赤面したり、笑ったりする顔も浮かぶのだ。小さな傭兵の持つ二つの顔にユキナは心を揺らした。

風がユキナの青い髪を揺らし、頬を撫でる。ユキナは、自身の薄いピンクの唇に触れた。自分が溺れ、その時ユートは人工呼吸をしたのだ。憶えていないとは言え、彼が察してくれと赤面した姿を見ればやはりあの時、確かに唇が触れたのだと、彼女は理解した。

「どちらが、本当の貴方なんですか……ユートさん……」

ふと、彼女が呟いた。残忍で冷酷な傭兵の彼と、自分を救った彼と、どちらが本当なのかと、そこに居ない彼に呟いた。

その時だった、ピクリと勇者レンの手が動いた。あの後酷い傷と、解放された安心感から気を失っていた彼が動き出したのだ。

「レン……？　気がついたの？　大丈……えっ？」

そして、彼女は彼が何やら呟いている事に気付いた。ワイバーンの羽ばたく音と風の音で聞こえなかったが、確かに小さな呟きを彼から聞いたのだ。

ユキナは耳をこらしてしっかり聞こうとする。呟きが何か分かった瞬間、ユキナの背が凍りついた。それは呪詛の言葉だった。辱められて踏みつけられた人間の放つ、恨み辛みがこもった呟きだった。

「……テヤル殺してやる殺してやるコロシテヤルコロシテヤルコロシテヤルコロシテヤルコロシテヤルコロシテヤルコロシテヤルコロシテヤルコロシテヤルコロシテヤルコロシ」

金髪の下に隠れた口から紡がれる言葉に、ユキナは震えた。そして、吐き気すら催してしまいそうな言葉を聞かないよう、彼女は耳を塞いだ。

エピローグ

ひらひら舞う蝶々が、黄色の花に止まる。その近くの大木に、ランジェは背を預け座っていた。少し離れた場所で、キョウスイがアヴェールのハンカチを水で濡らした物を絞ると、ランジェの膝に頭を預け、虚ろに空を見るユートの額に置いた。

「無理しやがってまったくよぉ……吐き気は無いかぁユートぉ……」

「大分楽になったよ……」

ランジェに膝枕されたユートは、ゆっくり息を吐いてキョウスイにそう言った。キョウスイは、そうかと言いながら、キセルを取り出して口に咥える。

「本当ビックリだよ、まさかバンビーノがいきなり倒れるんだからさぁ？」

「あんな博打《ばくち》うったんだから、当たり前よ……本当に無茶するわね、ユートちゃん」

アヴェールは安堵から息を吐いて地面に座り、ランジェはユートの頭を撫でた。それもそのはず、彼は傭兵とは言えまだ少年。それもまだ十四歳なのだ。まだ年端も行かない少年が、王国の騎士に降参と要求を求め、世界を人質にしたのだ。

それは、並大抵の度胸や勇気では出来ない。並外れた胆力、そして精神力の成せる博打だった。それをしたのが、今膝に寝ている少年なのだと、ランジェは改めて理解した。

ユートもまた、ランジェの膝、というか太ももの柔らかさと、冷たい布に安心して平静を取り戻していった。そんな時だった。額の布から雫が垂れ、そしてユートの唇を濡らした。

ユートはその雫を拭き取ろうと、唇に触れ、そして思い出す。あの洞窟で、彼女を、ユキナを助ける為に人工呼吸をした事を。思い出すと、彼はその唇を人差し指でなぞっていく。そんな仕草にランジェが気付いて聞いた。

「さっきからどうしたのユートちゃん？　唇に触れて……何かあったの？」

ランジェは膝枕で寝転がる少年に聞くが、黙ったままだった。ならばこれ以上は聞かないと決め、彼女はキョウスイのキセルに火を灯す。口から紫煙を吐いたキョウスイは、ユートの方を見て、彼に言うのだった。

「追われる心配はねぇし、休んだらぁロマルナへ向かおうかぁ、ユートぉ……」

「あぁ、そうしよう……」

返事が少年から帰って来ると、キョウスイはニコリと笑いながら空を見た。空には幾つもの飛竜の群体の影が、同じ方向へ飛んでいる。

ユートもまたその群体を眺めていると、ある感覚を覚えた。まるで何かに見られているような感覚だったが、ユートはどうでもいいかと気にせず、ゆっくり身体を休めた。


水晶の中で小さな傭兵は眠る。

その水晶を見る黒い髪に白のカッターシャツの青年は、含み笑いを浮かべながら水晶を眺めた。

「大した奴だよお前は……やはり、あいつの落とし子なのかもなぁ……会ってみなきゃわからないが……」

青年は椅子からゆっくり立ち上がり、ゆっくり城の赤い絨毯を歩む。その傍に壮年の黒鎧の騎士が、少し後ろから歩み寄った。

「また人間界へですかヨグ様……」

「そうだブレド、だが……今回は遊びもするが仕事もするぞ？」

仕事と聞いたブレドの顔が、真剣さを増して険しくなった。いよいよかと、黒鎧の騎士ブレドが拳を固めるが、それよりも気になる事があった。

「唐突ですな、ヨグ様……遊びだけだったのにいきなり何故……？」

「嫌味かブレド？　いや、それぐらいがいいか……砕けた感じが実に良しだ……」

嫌味を込めたように魔王に聞こえたらしく、ブレドは頭を下げた。だが、魔王ヨグはそれを良しとして許し、質問に答えた。

「何故なら、それが運命だからさ。僕が人間界で遊ぶのも、わざとゴロツキの瓶を食らったのも、そして今動くのも全てが運命だからだ。ブレド、忘れたか？　僕にはこの世界の過去も未来も現在も……それこそ次元を越えた先の全ての時が見えるのだからなぁ。それが、魔王である僕の答えだよ」

そう話した魔王の頬が泡立ち、七色に変色する目玉が現れる。そしてその目玉は破裂して消え、魔王の肌に吸い込まれていく。彼の本当の姿を垣間見たブレドが、ゴクリと喉を鳴らした。

「さ、ついて来いブレド……仕事の内容はあちらで話そう」

そして、魔王は何も無い空間に手を翳した。すると、目の前の景色に亀裂が走り、景色が砕けた。その先にある、蠢く肉塊の広がる大地を見据え、ブレドは片膝を地につけて言った。

「お供します、ヨグ様……いいえ、魔王ヨグ＝ソトス様」

魔王の名を口にして、ブレドは彼の後ろを歩み出した。

《了》

あとがき

二巻が発売されてから、こちらの三巻が出るまで一年と十ヶ月近く経過していました。原稿自体は出来上がっていたのですが、足並み揃わぬとこうも月日が掛かるのだろうかと思う一方、あっと言う間に二年弱が経過していて、月日の流れる感覚が以前にもまして早く感じるほど歳を取ったのだろうかと爺臭い感傷に浸ってしまいました。僕はまだ二十五歳。これが出版する頃には二十六歳です、三十路まであと四年ですな。

どうも、三十路が迫る恐怖は、ＳＡＮ喪失の感じと似ているような気がする。

進藤jr和彦です。

二巻から二年近く経過して、このたび傭兵物語の三巻を出版する事ができました。嘲笑われた僕を励ましてくれた方々、そして離婚してしばらく経ちますが、未だにライン返信してくれる両親と、俳句を始めた叔父様、そしてこの作家活動と出版に背中を押してくれた、会社の社長と会長へ改めて謝辞を、誠にありがとうございます。

そして、長らくお世話になっております編集のＥ様、三巻表紙、挿絵を受けて下さいました、木塚カナタ様、本当にありがとうございます。ラフを確認の際に送って頂いていますが、イラストレーターと言うのはラフの段階でこうも詳しく描いてくれるのだろうかと、自らが思い浮かべる情景とラフが噛み合い、重なって、思うままを描く力と言うのは凄まじいものを感じます。

さて、一年経てば人間変わるもので、僕にも一つ趣味ができました。休日にバイクを走らせています。普通二輪免許を取りまして、中古で買ったボルティーを時間があれば走らせています。いいですねバイク、そしてボルティー。そこまでスピードは出ませんが、思う通りに走ってくれます。いずれはこのボルティーで日本各地へ行きたいですね、そう思わせてくれます。夏の停止中の熱気、冬場の寒風もまた趣があります、それでもあまり羽目を外してスピードは出さないようにしています。バイクは事故が多いですからね、このあとがきを書いている期間中にも、ニュースの見出しになるほど大変なバイク事件が多々ありましたから、私も気をつけます。

やっと今回の話になりました。三巻にて、なろうでは未だ書いてなかったユートの過去、傭兵としての始まりを収録しています。そして師匠のフェドルが登場、彼のイメージ元はロシア軍人、スペツナズ、ロシア男子ですかね、勇者へのパウンドは冷酷な彼譲りの技術になります。

また、イラストになれてなかった、勇者一行のリッドとメルディも描かれました。リッドはこれから見事に中間管理で頭を下げる日々へ、メルディは勇者への狂信へ染まって行くのだなと思うと感慨深いです。そして、なろうで幾つかコメントやらメッセでいただいています、ユキナですね。ここからああなるとは……。気になる方はなろうの連載を御読み下さいまし。

二年弱という期間を経て、やっと世に送り出せることが出来ました、第三巻。まだ居たの？　と言われようと、待っていた方にはやっと送り届けることができました。勝手ながら宣言しますが、私はこの物語を完結させるまで指を止めはしません。

では四巻でお会い出来たら幸いです。

二〇一八年一月二十日執筆

進藤jr和彦

異世界に転生したので日本式城郭をつくってみた。
異世界で日本の城を築城!?!?
著◆リユーク
絵◆村カルキ
©Ryu-ku

World of Palma
フロンティアダイアリー
FRONTIER DIARY
～元貴族の異世界辺境生活日記
「小説家になろう」発
第5回
ネット小説大賞
受賞作
元貴族、辺境開拓!?
忙しくて、温かい
異世界生活記!!
著者：鬼ノ城ミヤ
イラスト：狂zip
©Miya Kinojou

傭兵物語
～純粋なる叛逆者～
3

発　行
2018年2月15日　初版第一刷発行

著　者
進藤jr和彦

発行人
長谷川　洋

発行・発売
株式会社一二三書房
〒102-0072　東京都千代田区飯田橋2-14-2　雄邦ビル
03-3265-1881

デザイン
Okubo

印　刷
中央精版印刷株式会社

作品の感想、ファンレターをお待ちしております。
〒102-0072　東京都千代田区飯田橋2-14-2　雄邦ビル
株式会社一二三書房
進藤jr和彦 先生／木塚カナタ 先生

乱丁・落丁本は、ご面倒ですが小社までご送付ください。

送料小社負担にてお取り替え致します。但し、古書店で本書を購入されている場合はお取り替えできません。

本書の無断複製（コピー）は、著作権上の例外を除き、禁じられています。

価格はカバーに表示されています。

©Kazuhiko jr Shindou

Printed in japan, ISBN 978-4-89199-410-5

※本書は小説投稿サイト「小説家になろう」（http://syosetu.com/）に
掲載された作品を加筆修正し書籍化したものです。